春天的诗

CHUN TIAN DE SHI

陈春阳 著

知识产权出版社
全国百佳图书出版单位

图书在版编目（CIP）数据

春天的诗／陈春阳 著 .—北京：知识产权出版社，2019.1
ISBN 978–7–5130–6086–8

Ⅰ.①春…　Ⅱ.①陈…　Ⅲ.①诗集—中国—当代　Ⅳ.① I227

中国版本图书馆 CIP 数据核字（2019）第 025849 号

责任编辑：李　娟　　　　　　　　责任印制：孙婷婷

春天的诗

陈春阳　著

出版发行：知识产权出版社有限责任公司	网　　址：http://www.ipph.cn
电　　话：010-82004826	http://www.laichushu.com
社　　址：北京市海淀区气象路 50 号院	邮　　编：100081
责编电话：010-82000860 转 8689	责编邮箱：lijuan1@cnipr.com
发行电话：010-82000860 转 8101	发行传真：010-82000893
印　　刷：北京中献拓方科技发展有限公司	经　　销：各大网上书店、新华书店及相关专业书店
开　　本：787mm×1000mm　1/32	印　　张：8
版　　次：2019 年 1 月第 1 版	印　　次：2019 年 1 月第 1 次印刷
字　　数：180 千字	定　　价：39.00 元

ISBN 978–7–5130–6086–8

出版权专有　侵权必究
如有印装质量问题，本社负责调换。

序言：春天的柔情

在繁忙的都市生活中，依然有人拾起珍贵的诗意，让诗充实自己的内心，用诗回望青春年华，用诗表达世间真情。在这个竞争日益激烈的现代社会，一些人心浮气躁，生命被消耗着无情地迈向终点，失去了应有的光彩。而陈春阳则不同，他依然主宰着生活、享受着生命，因为他内心充满了诗意，实在可贵！

艺术来源于生活，而高于生活。诗歌来源于诗人对生活的体验、感悟，其创作是一种审美选择的过程，是一种情绪升华的过程。陈春阳扎根泥土，贴地前行，是一位能发现、创造诗意生活的诗人，其作品均产生于平凡的工作生活之中。打开他的朋友圈，内容全是他的诗，在与亲人、朋友接触中，在飞机、高铁、地铁上，在河边、公园、菜地里，他都能触景生情，即时成诗。他让生活充满诗意，他让诗意引领生活。别人在朋友圈里用照片记录生活，陈春阳则是用诗歌赞美生活。他是位内心向阳、眼里有光的诗人，始终相信生活的善意和生命的美好，就像这本诗集的名字一样——《春天的诗》。

诗歌的创作既需要饱满的情感，又特别强调语言艺术。这本诗集的语言平实而生动，简洁而有力，含蓄而跳跃，真挚而祥和。在《人生》这首诗里的"春与夏在交叉地带撕咬"，"撕咬"用于表达春夏交替，让人回味无穷。进而，枯燥的春夏交替自然规律就有了"春天不想退下，夏天要尽早登台"的生动感；"诗意的春暖花开，把夏的秘密出卖"，单看这些用词简单朴实，放在一起则韵味十足。这既是具象的表述，也是意象的表达。

意境，是中国文艺美学的重要范畴。优秀诗歌作品，无不以美的意境令人陶醉。意境中的意和境是有机统一的，彼此化合、相互交融。空间无限，虚实相生；看似写景，实则写情。意象鲜明，境艺优美是这本诗集的最大艺术特点。在《影子》这首诗中，"湖面微波荡漾，那是风儿掠过的痕迹；树叶摇曳生姿，那是风儿亲吻的痕迹；霜儿染红山峦，那是季节变换的痕迹；那是你我爱情的痕迹。"这表面上是描写风拂湖面、霜染山峦的自然景象，实则是用"痕迹"暗喻"影子"，把"季节变换"和"霜染山峦"的关系象征成"你我爱情"的真挚和永恒。

诗言志，人文精神是诗歌的灵魂，是作者的主观意识在作品中的体现和反映。时光在陈春阳脸上刻下痕迹的同时，也给他带来了丰富的经历、深刻的感悟和豁达的人生观。于是，有了《人生》《芳华》《流淌着爱的声音》《生命的意义》《太阳之城》等作品，感叹青春的珍贵、歌颂爱情的美好、发现人生的真谛、赞美生命的伟大，成为诗集的内核，充满了向善向美的激情和生活的动力，这是一部具有现实意义和时代色彩的诗集。

这是陈春阳的第一部作品，称得上柔情似水、热情如火。看其诗、观其人，陈春阳会成为一名优秀的诗人，《春天的诗》仅是他的起点。在这激情燃烧的新时代，陈春阳正用他的诗歌，表达内心的诗意，搭建丰盈的精神世界，影响着人们的心灵和生活。

四川省文化厅艺术委员会主任
四川省文化厅原党组副书记、副厅长
胡继先

自　序

这册小诗，有一个好听的充满希望的名字"春天的诗"。

诗集清样半个月前就出来了，想作个自我介绍，包括为何有诗集的想法，我却一直无法付诸行动。

今天是"9.10"一个不能忘记的日子。也许有某种程度说不清楚的原因，我梦见了初中教我们语文的钟老师。我还写了小诗《怀念您》。我在赶往双流机场的地铁上、在候机时，看到微信朋友圈关于教师节的刷屏，我有了写序的冲动。

我热爱诗歌，我要为生命歌唱。我们几十年的生命，该怎样度过？诗意地栖居，是多么地幸福、美好。所以有了这本小册子。

我在想，消除罪恶的根本办法，是教育民众，包括公仆们的爱民、敬业精神，五千年中华文明的传承和发扬光大，这些向善为荣的一切努力，需要美好愿景，需要美好文化，需要真情动人的诗篇。

古埃及碑上有这样一句话：

"幼年时，我想改变全世界，但等我到了青年，我觉得不切实际。于是我想改变身边的人，然后我壮年了，发觉改变身边的人也很难，于是就想改变我的亲人。现在我老了，我认识到改变谁都是不可能的，最重要的是改变自己，改变了自己便改变了亲人、改变了身边的人，因此改变了世界。"

最重要的是改变自己！

我从2015年开始，计划认真看点书。坚持了几年，累计超过3000万字的阅读量，让自己都吃惊！加上手机可以手写输入，从此在笔记本上，有了不少诗的片段。比如，《孝心》成稿，是真切体会母亲的感受，所以有了偷偷跑回母亲家打麻将。又有《发呆》，是体味放空自己的时候，等等。

我算不上诗人，实在说，就是一个诗的爱好者，一个多愁善感的人。见了春花，会为她的灿烂绽放而激动；见了夏天热情性感的美女，会为年轻生命喝彩；见了秋月，会激发浩瀚宇宙的遐想；见了冬雪，我会为那广阔的洁净世界而感动和欢呼。

我愿世界上每一个人都能幸福快乐，特别是在今天这个特殊的日子。

所以，我会真诚地坚持我的诗意梦想，就像山间的一朵兰花，留下一段馨香，哪怕没有人经过她的身边。

《春天的诗》有幸同大家见面了！但愿能给你一点点惊喜或者似曾相似的感觉。借此机会，我首先要感谢鼓励我的继先兄长，感谢李和小弟的辛劳，感谢涤生先生对诗集出版的助推，感谢微信朋友们热心持续的点赞，感谢母亲的期望和长发夫人的支持。

《春天的诗》还很稚嫩，但同时也充满希望。谢谢大家的包容！

陈春阳

2018 年 9 月 10 日

目　录

人生　/1/

孝心　/2/

诗意人生　/2/

音乐　/3/

桔梗花　/4/

雨后的美　/5/

燃烧　/5/

靓　/6/

能为您做些什么　/7/

成都　/8/

不知道　/9/

心灵与风儿　/10/

李庄印象　/11/

两个生日　/12/

东门坎　/13/

今夜，月儿好圆　/14/

芳华　/15/

信任　/16/

旧时光　/17/

守望　/18/

眼神　/19/

灵感　/20/

问候　/20/

对话　/22/

明天　/22/

流淌着爱的声音　/23/

无助　/25/

母亲　/26/

洪流之春　/27/

春天的约会　/28/

雨丝　/29/

时间简史　/30/

孤独感　/31/

陋居　/32/

山水之间　/33/

年味　/34/

预见 /35/

希望 /36/

重生 /37/

听水声 /38/

生命的意义 /38/

水之韵 /39/

自己的救赎 /41/

梅花枝俏 /42/

飞 /43/

精神是什么 /43/

心连着天空 /44/

五月五 /45/

雨夜 /46/

坚持 /47/

候机 /48/

别了 /50/

树叶随风飘落 /51/

醉茶 /52/

中州女神 /52/

太阳沉醉 /53/

净化 /54/

雪 /56/

当你年轻时 /56/

回不去的村庄 /58/

跟我猜想的一样 /60/

又出发 /61/

英女 /62/

丹霞 /63/

亮瑜 /64/

来春 /65/

感怀 /65/

铁塔前 /66/

九月九日忆小弟 /67/

岷江堤岸 /68/

月光 /69/

涛声依旧 /70/

赵氏托孤 /70/

辛夷花 /71/

秋 /72/

三十年 /73/

舞英娘 /74/

醉英娘 /75/

拂晓时分 /76/

蓉城 /77/

料想 /78/

琼花 /79/

城市之水 /80/

峨眉秀 /81/

母亲河　/82/

太阳之城　/83/

秋　/84/

流水玉　/85/

珠峰对话　/86/

女儿嫁了　/87/

秋色　/88/

金明池　/89/

缘分　/89/

宋词梦　/90/

驿站　/90/

梦游　/91/

凝视　/93/

您说，不要为我悲伤　/94/

心灵空间　/95/

太阳城之二　/96/

纪念日　/98/

生日　/99/

那一半　/100/

生死承诺　/101/

躲藏闺房　/102/

红楼又梦　/102/

金枝玉叶　/103/

琼花开　/104/

影子　/105/

贺兰山　/106/

醉雪贺　/107/

贵妃醉　/108/

大同春天　/109/

心灵撞击　/110/

醉了　/111/

江景醉色　/113/

柔　/113/

暗香无痕　/115/

春天的问候　/116/

能否相遇在又一个春天　/117/

冬日阳光　/118/

丁丁　/119/

味够　/120/

飞翔　/121/

舒畅　/122/

电流　/123/

飞扬　/123/

境界　/124/

水珠　/125/

畅想　/126/

苦　/126/

春天的诗 | xi

巨人　/127/

青城情　/128/

旅行　/129/

天际　/130/

羞涩　/130/

三毛情怀　/131/

我知道　/132/

惊艳　/133/

身边　/134/

风暴过后　/135/

懒人　/135/

精气神　/136/

边城　/137/

壮烈　/138/

白夜　/138/

第二故乡　/139/

书　/140/

爱人天堂　/141/

心灵颤动　/142/

从容简约　/143/

小河　/144/

邛海　/145/

不能忘记　/146/

桃李情　/147/

江边　/147/

月亮　/148/

去向天堂　/149/

秋思　/150/

秋韵　/151/

优雅的女人　/152/

你问我这一刻的想法　/153/

路　/154/

知音　/155/

流动的波浪　/156/

晚霞染红了……　/157/

自由　/158/

就是这样的一句　/159/

遥远的天空　/160/

秋天的叶子　/162/

听，秋　/163/

秋语　/163/

净化　/164/

雨非雨　/165/

牵手　/166/

亲吻春天　/167/

小雅　/168/

色彩　/168/

失控　/169/

阳光丽江 /170/
台词 /171/
春早 /172/
看你 /173/
匆匆 /174/
祈福 /174/
卡其鱼 /175/
海天梦想 /176/
不眠 /177/
为何读经典 /178/
霞光 /179/
飞燕 /180/
拼图 /181/
暖语满堂 /182/
小鹿快跑 /183/
不老的情歌 /184/
问题 /186/
山花 /187/
李子树下 /187/
湖边 /188/
简约一度 /189/
湖边行路 /190/
更愿你是天使 /191/
雨中 /193/

失望 /194/
村色 /195/
相信 /196/
家乡 /196/
你，鼓舞了我 /197/
唤醒自己 /199/
争夺 /200/
因为遇见你 /200/
维吉尔 /201/
闲好 /202/
山水沐源川 /203/
有温度的生命 /204/
夜游 /206/
听雨 /206/
海之恋 /207/
沙滩 /208/
等或不等 /210/
失去或从未失去 /211/
我相信 /211/
回望春天 /212/
天堂 /213/
旅程 /214/
品味茶香 /215/
你的眼神 /216/

大地　/217/
醉烟　/219/
太阳般温暖　/220/
小船　/221/
你会来吗　/222/
童年的味道　/223/
情怀　/224/
领悟　/225/
四月天的飘香　/226/
白云与山峰的际遇　/227/
淡淡的无助　/228/
初心　/229/

醉了人生　/230/
前方美丽　/231/
兰之猗猗　/232/
诗酒趁年华　/233/
沐源川之绿　/233/
背影　/234/
淡香　/235/
痛　/236/
羞涩　/237/
你的秘密　/238/
这一天，好日子　/239/

人生

春与夏

在交叉地带

撕咬

渐渐凋谢的春

被季节的热浪催赶

满眼无奈

烈日炎炎

充当着夏的情人

火热,把我拥抱

正如秧苗

随着暖风舞蹈

人生在活路上奔走

秋冬,不止是风景

一直向前

忘我地储藏着爱

等待又一个

诗意的春暖花开

把夏的秘密出卖

(2018.6.13 于成都)

孝心

生命开始于远方
在迷雾中
时间串成了密码
记住了亲人

我惊叹于
看不见的那双手
设计了心灵
以及回报源头
无须强迫的
让人暖暖的孝顺

（2018.6.22 于德阳。母亲再次住院治疗。晚上偷偷回家，我们陪她打麻将，然后于23点又送回病房。她那份高兴劲，让我忍不住悄悄流泪）

诗意人生

我借了天幕
画上云卷
水流和树林

还有，小马驹
放奔在草原

出名太早
在康桥寻找
浪漫水草
倾诉爱情美好

诗人，没有理由
不热恋
大海和鲜花妖娆
我摘了一朵
献给我的长发飘飘
（2018.6.26 于金明湖畔）

音乐

淡淡的忧伤
在音符间跳动
画面太美
三十年前的你
甜甜的沉醉

淡淡的清香

流畅飘荡

正如你轻轻地倾诉

依偎着我

天老地荒

（2018.6.27 于郑州）

桔梗花

清新着

为了那份雅致

本来高洁

还要添上馥韵

我欣赏你

知己，深藏文字里

此刻好静

胜过一切浮语

（2018.6.27 于新郑机场）

雨后的美

雨后的晚霞
尽管,淡了些
我却喜欢她
来得那么及时

暴雨,肆虐着蓉城
小巷大道
水涨了热闹
滚滚奔流而去

我却感动于
被洗净的世界
——好美

(2018.7.2 于成都。雨后彩云,小李说的,此刻该有诗)

燃烧

那一捆秘密
被你洞开
于是,化作了轻烟

依依惜别,燃烧

惜别年少
懵懂了美好
你,仍旧执着

要把飞灰
随小河去了
还要羞涩地说笑
死灰复燃
那样不好
(2018.7.3 于成都)

靓

父亲,您去哪了
我已长大
漂亮的姑娘

父亲,您在哪
我遇见心跳的男人
告诉我,能否信他

父亲，我妈病了

梦里叫我

好好活下

此刻，户外的花好美

我要摘一朵

父亲节想你了

（2018.6.17 于濮阳为爱而作）

能为您做些什么

知道我所谓的忙

更担心奔波生活路上

累着，扎心地痛

您却从不说起

为您做点什么

瓜子花生

还有降压药

分别时，您却为我准备

我的手上总是提着这些

听到回家的消息

卤猪蹄

青豆烧鸭子

能为我做点什么

这时，您总是那么

欢天喜地

昨天下了暴雨

据说是八十年一遇

神奇的李冰父子

都江堰，天府依然美丽

能为您做些什么

母亲，我爱您

（2018.7.11 天府华阳）

成都

三年成都的底气

催化芙蓉

艳遇了锦江府河

岷山的雪花

飞进李冰父子

共同的梦里

从此，千里沃野

稻香飘溢

万户笑语

千年际遇

不改汉侯昭烈

一样的草堂悲悯

今天成都好美

雨后干净

彩虹述说着温馨

（2018.7.17 于卢氏。朋友发了成都美图。记之）

不知道

早晨的风

问候，那么清新

夏天的礼物

不知道

昨晚的我，是否

梦见了你的青春

在黄河边

听奔腾豪迈

这是祖国的强音

我用银河的灿烂

点亮你，好美丽

我们的爱情如蜜

（2018.7.18 于卢氏）

心灵与风儿

心灵无法表达

她的笑容

总是先于思想和文字

让你迷茫又惊喜

就像风儿

当柳丝摇曳身姿

当落叶飞舞

当湖水起了涟漪

那是风的细语

为什么会有心之悸动

又何以春风把枝头染红

你知道吗

我知道你知道的

（2018.5.7 于成都）

李庄印象

第一城

在长江畔守候

等待梁林之恋

留在李庄的四月天

文化逆流往上

万样精彩

同济人才济济

传承灿烂

竹海的波好稠

在望云台远眺

山峦梯田

有小河川流不断

（2018.4.30 于长江第一城）

两个生日

你错过了我的生日

在春风轻拂时

面对消失的相聚

我心有点点哀愁

你柔柔地说

我们都有两个生日

希望又悄然升起

我换算着公历农历

但是，却像胆小的人

不敢把信息给你

我在暗示和等待中

折磨自己

一心盼着主动些的你

不需要我的提醒

那一刻

给我灿烂的惊喜

（2018.4.27 于成都）

东门坎

故乡东门坎的老石阶

被风雨洗礼

变得好薄

和那些攀爬的藤蔓

已然成为了乡愁记忆

牵了恋人的手

小心走过

浸润青春气息的老街

木板门缝透出的灯光

映出兴奋和紧张

沐川捎来信息
东门坎就要消失
一个小雨的黄昏
慢慢独行在
石板路上，留恋

不舍的脚印
铭刻游子梦里
（2018.4.27 于成都）

今夜，月儿好圆

今夜月儿好圆
无眠，凉凉的风
送别喧嚣，没忘记
吹动我的发梢
夜，蛙声飞得好远

我的无眠
在清辉中延展
Lift Me Up
空灵震撼

单曲循环

池塘边

独自徘徊

（2018.4.29于蜀南竹海。陪母亲宜宾、自贡、内江之行。《*Lift Me Up*》，一首非常忧伤的歌："痛苦就这样开始了，在这万籁俱寂的时刻，我被遗弃在这里……"）

芳华

回首过去

丢失的

不仅仅是岁月

还有山峰对白云的恋情

我就着灯光翻阅

那已发黄的书信

轻轻滑过指尖

诉说着远去的纯真

激情四溢的文字

再一次响起在

青春热血时刻

那是边河水轮送出的光明

回首过去
丢掉的是鲁莽和幼稚
善良伴着微笑
给芳华深情地致敬
（2018.4.24 于成都）

信任

种子对土地的信任
给世界奉献了希望
鲜花和果实

雄鹰对天空的信任
展翅高飞
给生命注入了力量

战士对同伴的信任
给勇气带来了精彩
热血沸腾着永恒

你对我的信任
在每一个早晨
如阳光般温暖我的心灵
（2018.4.23 于成都）

旧时光

旧时光
封存了记忆
来自云河之际

飞行多久
还要远去何处
铭刻出发时

神奇未知
我们自己
有太多秘密

过好日子
唯一的自己
朝霞唤醒了你
（2018.4.20）

守望

呼吸到人间气息
第一次
我的生命
什么也不记得

那么弱小
一点点变化
一点点成长
依靠了甘甜母乳
开始唯一的征程
渐渐失去了稚气
渐渐被时光销蚀
疑问生命永恒
凝望天宇无垠

织女捎来消息
守望，又一个七夕
（2018.4.20 于上海）

眼神

最幸福的
是母亲慈祥的眼神
我是她整个世界

最心跳的
是恋人的眼神
那里装满了爱情

最难过的
是失去亲人悲情的眼神
共同的痛,让人伤心

最心慰的
是你理解的眼神
那是灵魂的会心一笑

(2018.4.18 于成都)

灵感

上天好难
飞翔,在灵魂面前
是你了不牵绊

入地也难
冥河湾湾
逃离,是灵感升天

问你一世有多久
我回望
在当下,裸露心愿
(2018.4.17 于华阳)

问候

有位先生
帅气又精神
从小到大,十分聪明

大山造就了坚强

市场炼磨砺了眼光

而今，是人人羡慕

的大爱无疆

有这样朋友

心中愉快明亮

悬崖峭壁之上小孩

读书声朗朗

坐在先生盖的学房

让理想插上翅膀

今天好大的太阳

为先生节日增光

我在岷江河畔

送上祝福

好人幸福健康

（2018.4.17 于青神。祝费先生生日快乐）

对话

白云与山峰的对话
被风带走了
飞翔在蓝色天宇

多情的风
弄皱了湖水
摇曳着月光生辉

我与你的对话
似春风拂过脸颊
连心儿都酥了
（2018.4.16 于成都）

明天

春困晌午
我梦见了明天
小岛上
有我儿时的伙伴
菜花变成了菜籽

时间已是暑季

油菜杆荫遮之下

我们正在过着家家

郑重其事

小小新郎新娘婚礼

洞房没了花烛

紧张拥抱的童趣

让我笑着醒来

明天，会渐渐老去

珍惜生为人的快乐

不负光阴

（2018.4.11 于三门峡）

流淌着爱的声音

阳光轻抚树叶

流连着爱的身影

漏过的光辉照射鲜苔

没有那么暴烈

是谁让

湿湿的岩面

饱含了爱意

为了，脆弱的生命

也有牵手幸福的机会

万物勃勃的生机

仿佛流淌出爱的声音

小溪窃窃述说

那源自心底深处的秘密

你知道

尽管岁月蹉跎

那轻轻回荡着的旋律

仍重重撞击我的灵魂

暖暖流淌的爱意

那才是生命不息的动力

（2018.4.10 于三门峡旅途中）

无助

无助是一种怯弱
不敢面对挑战
害怕失去那可怜的拥有
逃离是它的帮凶
风助火势，丢失的
往往是尊严

我不愿沉溺于
无助的感觉
舔着伤口，自甘可怜
忘记了奋斗才是
真正的勇敢

无助也是一种真实
没有人不被它纠结
有什么关系呢
快快去掉沉沉的面具
用真诚把希望点燃
前进，才是生命应该的灿烂

（2018.4.8 于成都）

母亲

我要用春天般的温暖
写一首诗
讴歌我的母亲
我深情的凝望着她

那一道道皱纹
似犁沟般触目
留下的是沧桑辛劳

而岁月的无情
带走了
母亲的芳华

不再年轻的我
扶助着母亲
行走在祖国的春天里

花儿怒放
青草依依
那无限的美好
都是陪伴母亲的日子

我愿与天公做个交易

把我的生命

回赠一些

给我那伟大的母亲

（2018.4.9 于成都）

洪流之春

巴山夜雨涨秋池

飞来古堰月影

问平生，英才恨晚

洪荒之外

开渠导流

成就天府灿烂

又一个春天

中原大地寻根

相约，美丽明天

（2018.3.28 于濮阳。注：古堰，即都江堰）

春天的约会

那个新年没有飘雪
成都的春天
仿佛了解我的心情
一个早晨起来
花儿捧着笑脸相迎

微信传情
你要飞来蓉城
让灵魂谱写爱情
我沏好普洱
茶香溢满渴望的双唇
金屋藏娇
也掩饰不住你的妩媚
沉静如潭水
眼神更狂野
一路释放前世的精灵

向往彩云之南
约定某一个春天
丽江的浪漫
淡淡的忧伤

能否装饰爱情的新房

（2018.3.27 于中原大地，春天播种希望）

雨丝

春雨悄然无声
把小草弄醒了
绿油油，水灵灵

空气也带了花香
清新脱俗地飘过
我的早晨

东山树林幽幽
那里躺着亲人
不尽的思念
牵动我的神经
像雨丝柔柔

春雨无声
却浸透了深情
不要辜负了美好

从今天开始

做个幸福的人

（2018.3.24 于旌阳。回乡扫墓，午饭后逛旧书店，购海子诗集，到母亲家后，看微信才知今日巧是海子生日）

时间简史

时间简史

流淌着清澈

直向心尖

在黑洞回望

那场宇宙狂欢

博士称它为奇点

七十六个春秋火焰

助推铁骑

飞向了时间拐点

我仰望星空浩瀚

最亮那颗，刚起程

去验证自己的伟大发现

（2018.3.14 于成都。缅怀霍金博士）

孤独感

一棵大树
守护者无垠的草原
没有同伴
尽管有那么好的视线

去欣赏绿色蓝天
偶尔，它会遇上
突然而至的孤独感

地铁把人们装满
使命让它
奔驰不知疲倦
轻微摇摆
生命的节奏

我会一下子
被孤独纠缠

仰望星空浩瀚
一切存在
仿佛只是瞬间

走向终点

既然只有一次机会

我要选择

从孤独中涅槃

（2018.3.11 于岷江右岸）

陋居

茂密的绿色

像孔雀开屏般夺目

阳光和花朵的味道

恩施于陋居

林立的伟人

在静谧中交谈

须经微风助力

那股灵气充盈我心脾

窗外有小狗狂吠

是谁惊动了她的美味

回到书海中畅游的我

像农夫播种在春季

（2018.3.5 于蓉城）

山水之间

你的酒窝好圆
荡漾的湖水
涟漪甜甜

谁的影子
在我心底飘动
那是你的旌旗招展

玉兔也醉了
望着灯火阑珊
指指点点

是何处美境
频频回头
神仙也那么留恋

（2018.3.2 于乐山。元宵佳节有感）

年味

小时候盼呀
过年了
有新衣服、红烧肉
还有廉价的火炮
插在牛粪上
开花后的狂欢
在脸上荡漾

大些了
年味是
帮着洗菜煮饭
比平常卖力
却没觉得有多累
见了大花狗围着摆尾
丢一小块腊肉
心里也美滋滋的

时间飞逝
而今的年味
是看着老母亲
慈祥的笑容

我柔软的心也醉了

醉得忘记了光阴

仍在悄悄飞去

（2018.2.23 于成都。挂念母亲的身体健康，有此诗）

预见

飞行在科技时空

预见，未来奇迹昭昭

思想的远程访问

把灵魂留给

一个伟大的时代

千里眼算什么

顺风耳也平常

启动了的智慧之光

让我们惊叹于人类

无穷的魅力梦想

我想再活五百年

那会是怎样的世界

预见了无法预见

回望，今天的生活

奋斗才是真正快乐

（2018.2.21 于华阳。春节假期结束之际，并有感于科技的进步）

希望

是谁点燃了清晨

朝霞满城

缓缓的江水也乐了

那是新年最暖心的启程

没有浩浩荡荡

江面的风还冷冷

但是远方的朝阳

已牵手了一生梦想

白雾缭绕的山峰

勃勃生机

连那朦胧之美

也宣告了不一样的魅力

春天来了

为世界播种着希望

我满怀期待和激情

扬帆新时代

(2018年春节于岷江岸边,在皇华台家中观景,病愈有感)

重生

涅槃寂静之旅

被量子纠缠

原来冥冥

注定了重生

原本就是

由生往死的旅程

缓缓地流淌

不知光阴无情

挣扎一场

回望,虚度了年华

趁早还原生命的朴实

雪花在飘动中吻了春心

(2018.2.2 于旌阳)

听水声

中原的气息
在都江堰的水渠
小河的涛声
唱出了欢乐之歌

那月亮隐去了
城市的彩虹显得多么骄傲
我们唱着醉了的清醒
是我们梦中的歌
（2017.9.10 于都江堰）

生命的意义

谁给了你生命
流动的水
飘浮的云

树林在寒风中挺立
种子随春天发芽
我看见了生命的样子

人生精妙于

短暂与永恒的博弈

而且，单行道无言

苏格拉底谆谆道

认识你自己

我的回答呢

飞翔的思绪

被星空牵引着寻找

生命的意义

苦苦追索

万千答案

生命定有意义

（2018.1.27 于天府华阳。读霍金《生命的意义》有感）

水之韵

呱呱落地

第一声啼哭

为了宣告

我来了
还有一个生命的诉求
寻找母亲温暖的乳汁

成长中的跌倒
恋爱时的欢笑
成功后的喜悦
失去亲人的悲痛
一切都是情感宣泄
借了泪水

开沟壕，架管道
引甘泉惠万家
养生物，促净化
还碧波于小溪
壮美民之幸事
感动于海天人挥洒汗水

还有宇宙奥秘
阳光烤炙了大海
升华为云彩
幻化成雪峰暴雨
滋养万物又汇流成河

痴情地又回归大海

水的世界
把我裹得紧紧的
生命川流于水的循环
那燥动的灵魂
蓝色般静美
终将成就海天精彩
（2018.1.26 于长宁竹海世外桃源）

自己的救赎

露珠晶莹在清晨叶尖
一夜浸润
满载了纯粹
迎接朝霞时刻
滴落，黑黑厚土怀抱

生命在晃悠中前行
忧愁伴有欢笑
白发借了北风劲飘
仿佛在诉说

回首，时间都去哪儿了

一个只为自己活着的生命
谁又能把他的灵魂救赎
（2018.1.23 于天府华阳。手术后21天，在家疗伤。看史铁生故事，有感记之）

梅花枝俏

冬天雪花
用纯洁打扮世界
我的世界
好纯粹

春天红花
用灿烂装饰世界
我的世界
好艳丽

春夏秋冬
你的爱温暖我的世界
和你的世界

好好珍惜

（2018.5.8 于云南）

飞

凛冽的风
撕裂，不只是衣
洞开的窗
是上帝的试探
生死之间

倾斜尖叫
空中触礁
上演，与死神赛跑
刘机长拼了
携白云带回微笑

（2018.5.16 于濮阳。为 5.14 川航刘机长点赞）

精神是什么

什么状态包围着我

行尸走肉般

添加了无病呻吟

黑色，吞噬了阳光

不！我要灿烂的精神

我盯着婴童的双眸

纯净如宇宙初始

我凝视恋爱的笑靥

似花般甜甜迷醉

以及，老农在丰收里

憨厚朴实的窃喜

这一些这一切

是我精神的圣诞

精神是什么

是另一个不朽的存在

（2018.5.17 于濮阳。读《洛夫谈诗》有感）

心连着天空

十八个春天

姑娘别了稚嫩
黄土飞沙
发丝飘进汉子天堂

彭祖千岁
也有大限的秋冬
你握了我的心尖
捧着万丈光芒

心连在一起好高
海天一色
不只是醉了
白云在山腰把爱撞上

（2018.5.18 于濮阳。看窗外学生做广播体操，感慨年轻真好）

五月五

小西湖柳枝绿意浓浓
尖尖的粽子
在游子心中十分沉重
还有喧闹的锣鼓声

汉子的吆喝声
大张旗鼓地向空中飞去
屈子能听到吗
谁"再"问天

我游思在顾客来往之间
揉搓面团的手停住了
女人的眼睛
定定地望着远去的背影
（2015年端午于德阳）

雨夜

阴晴难料
本是白云万里
小雨忽至淋鸳鸯

世俗难逃
本是乡村稚样
潮流滚滚变粗相
理想好远
见不得恶流横扫

雨夜伴着双眼泪汪汪

（2015.6.18）

坚持

夏日的小雨
荷叶上的水珠
惊艳的粉色花儿

还有早晨清新的空气
这一切的机缘
紧随了三十六张笑脸

高高的大楼
压抑的空气
寻求中的理想
茫然的张望
寻求不一样的张扬

去拥抱大自然吧
放下太累的"包装"
敞开心房

同心圆、三角房、翻牌乐、跳大绳、生死墙
还有赵大侠深情睿智的评讲

酸痛的肢体
难忘的时光
明天
在汗水中成长

（2015.7.5有感于"生死墙"下男儿担当！公司野外拓展训练，同心圆、生死墙等是训练项目。不借助工具翻越高墙，几乎是不可能的事情，但是大家互相"借力"，最终成功翻越。赵大侠是培训机构的老师）

候机

不期而至滞留机场
许是家乡暴雨了得
无名地
心生隐隐牵挂

赠阅《航旅》解忧
"道德不是批判他人
忽然间，人们彼此隔绝孤立

网络左右着我们的思想
真正有效的教育是自我教育
树结疤的部位最硬"

一篇篇简洁的文章
一阵阵冲洗着有些累了的心房

游子的心灵
又一阵阵的激荡
还有丝丝的忧伤

我问我
这是怎样的稚嫩和慌张

我答我
这是自我温暖和疗伤

那柔软之处
是不能丢掉的善良

不知远方雨停否
候机的地方又大雨滂滂

此刻

我有些归心似箭了
不住地望着雾蒙蒙的门窗
（2015.7.14 于新郑机场）

别了

别了
芳草的馨香
还有林荫道上的剪影

别了
衣冠庙的历史
还有玉林街声名远播的小酒馆

别了
躁动的青春鲁莽
还有万丈情怀的世界梦想

也许
留下的终究不能忘掉
前方，仍然是梦开始的地方
（2015.6.13 于成都。公司将在 6 月 15 日从芳草街搬家，午饭后与同仁在芳草街、玉林街梧桐树下散步有感而作）

树叶随风飘落

树叶随风飘落

再也无法回到树梢

只有在雨中浸蚀

滋养树根

才有另一次春天的相邀

回望消失的青春

还有鲁莽的年少

回忆牵手的味道

小雨弄湿发梢

心头热浪难消

世事难料

白云轻飘

突至的友人升迁消息

新一轮的彩票

谁知输赢的苦恼

（2015.5.26 于昭通看见树叶飘落、又有友人高升、体彩门口巨奖横幅有感而作）

醉茶

沐源川涧一枝春
峨眉山上竹叶青
雪花融了煮新茗
对饮清醇慢慢听

醉茶难得有清醒
酒后沐浴是黄昏
去掉羞涩一小点
抬头满月照故人

（2015.12.2 于郑州"一枝春"。注：竹叶青是茶叶名称）

中州女神

你耸立在淡淡薄雾中
注视着古城沧桑变更
倾听，千回大宋的低吟

你擎着和平橄榄枝
丰盈美妙的女神啊
守护，中州大地的安宁

你智慧而坚定的眼神

引领莘莘学子的灵魂

惊呼，风雪中春天的热诚

你温暖又宽广的胸怀

滋润着厚土华夏

奉献，是你爱的永恒

（2015.11.29 于开封。冰冷世界，小宋城对面，中州国际酒店广场，金色女神塑像份外抢眼，以及女神周围大学生春天般的精气神，让古城更加灿烂。这一切，交织在此时此刻，让我十分感动。故记之）

太阳沉醉

边河水悠然

碧绿染双眼

山道出平湖

朝晖起炊烟

白云浮蓝天

遮阳伊好眠

左岸高楼处

梦中可蜜甜

杜康多事君

琼浆添恼烦

独饮邀月伴

欲语又难言

幻影现当年

磨墨书桌前

玉指挥紫毫

鸳鸯游丹泉

明月照窗台

思君有怨言

默默藏闺阁

南雁归时见

（2015.8.8）

净化

感觉风有些寒意

我牵了你的手说

明天穿暖和一点

你抬头望着我

你也是……

那场雪

已有些悠远

难道真是巧有机缘

清晨,当我拉开窗帘

雪白世界,惊喜万千

呼吸清凉的空气

畅快催生着欢颜

上苍也是那么可爱

一场大雪,净化了整个凡间

可是,迎着凛冽的北风

听着嘎吱的破冰声

充满敬畏地看着茫茫雪原

知道这份净美

终究会露出伤痕世界

心中阵阵悸痛不断

上苍都慈悲地打扫天下

我怎么能偷懒

不去净化已经尘染的心灵

仿佛，天启惊现

风雪中我感到阵阵温暖

（2015.11.25 于卫国故城濮阳。大雪皑皑，一派清净气象，雪中漫步，有感记之）

雪

大雪纷飞满头白

北风凛冽周身寒

忽然千里来佳音

顿觉寸心三春暖

（2015.11.23 于卫国故城濮阳。今日濮阳大雪，冒雪赏景，并有家人电话。记之）

当你年轻时

尽管如此明白的

人生终会有落幕时刻

你却仍然，光阴虚度去

你会轻蔑一笑

那是你年轻的骄傲

还有,对"虚度"一说的不屑

因为你的年轻

疾病也躲着你

出语伤人,也是童言无忌

因为你年轻

美食更是常常包围你

尽情发挥,管它腰身粗细

因为你还年轻

鲜花溢香追着你

那是爱情的见面礼

因为你年轻

正因为如此

你说,我输得起

年轻是那么恣意而美丽

生命只有一次

去闯吧,当你年轻时

(2015.11.15 于古嘉州。读叶芝《当我们老去时》有感而作)

回不去的村庄

送我走出村庄的毛子狗
已离开这个世界三十年了

她重情重义的眼神
还有不舍离去的固执
让我忆起外婆家那美好时光

学校门口等我
菜籽花间追着蜜蜂奔跑
冷天里为我暖脚
而回报她的只有红薯汤
和偶尔带她去城里赶场

那院前茂密竹林哪里去了
竹林里神秘的池塘
还有池塘里成群的草鱼呢
记得大人们用青草喂鱼
仿佛鼻息里已有清新的草香

小溪里的水仗
坝坝电影的机关枪……

这些童年的记忆
催促游子快快回乡

从春到夏到秋
回村子的脚步一直等到了冬
面目全非的村庄
口中不停说着这里变了
原来又是什么模样

土儿、黄娃、黑猪、七林……
儿时玩伴已是白发斑斑
好奇的小子们
围着我团团转，好生奇怪
这个城里来的老乡

回望着陌生的故土
只有那棵老树
坚挺在高高的山岗
守望着回家的儿郎

来来去去
匆匆忙忙
小车向着都市奔驰

回不去的童年

回不去的村庄

终究萦绕在我的梦乡

（2015.11.20 于濮阳县柏维客栈。远在异乡，有所感慨。记之）

跟我猜想的一样

冥冥之中

我们相遇在春的梦乡

花儿的好意

让你笑得那么甜蜜

月亮挂在树梢

偷看你美丽的脸庞

池塘的琴蛙

也在为你欢快歌唱

没有牵着手

你却寸步不离我的身旁

为你解忧

槐荫却送你爱的秘方

低头不语

那才是你羞涩可爱的模样

深院门前的红轿
系着春天的厚礼
笨拙的新郎
解不开你矜持的伪装
看着红红的蜡烛
你说
跟我猜想的一样
泪水
感动了梅花般高傲的新娘
（2015.11.20 于濮阳县柏维客栈）

又出发

每一次出发
都是为了早一些回家
去得越远
心儿贴着乡土更近
走得越久
思念愈深

那零乱的村落

在晨曦中勃勃生机

还有炊烟萦绕

菜香在鼻息间奔跑

平常的争争吵吵

相思中也充满爱的味道

又出发

是为了早一些回家

（2015.11.18 于郑州去濮阳途中）

英女

不曾想

会在缘分天际

见你英姿美丽

那是春季

白燕高飞

丰腴魅力

老之有韵

不减二八美丽

那是战场气息

手挥旌旗

杀敌

有巾帼英女

（2015.11.2 于古都开封。看《千回大宋》，佘太君挂帅、穆桂英杀敌，感动不已）

丹霞

照亮你的世界

是我心中爱的太阳

相望星空

日月交替

你是天际最美的光芒

太阳城的玄妙

是恩赐万物的天象

生命之光

就是夜晚也让嫦娥登场

为了无法抗拒的姑娘

爱你双眸的明亮

爱你迷人的纯粹朗朗

音乐包裹着舞步

轻纱飘逸着妖娆

丹霞映在爱人唇上

（2015.11.11 于南充回成都途中）

亮瑜

谁是谁

周郎英气逼人

一体溃曹

诸葛未雨绸缪

抗北方宿敌

幸福路上有合谋

为各自天地

巴丘雄才湮没

大江东去

亮，泪洒似骤雨

奔腾不息

瑜，只先行而已

（2015.11.14 于乐山白燕路川马花苑。周郎 24 岁娶 18 岁小乔，公元 208 年，赤壁之战扬名三国（公元 190 年—280 年），36 岁病逝于巴丘（今岳阳楼一带），22 年后，小乔 52 岁去世。孔明了得,也已作古。真是东坡先生"大江东去"之感叹。想想我辈碌碌无为，有诗感怀）

来春

风吹金叶沙沙响
日照树林剪影上
三两行人闲庭步
满眼翠绿来春长

（2015.11.2 于开封金明广场。正午时分，秋风与骄阳，落叶满地。要想再看到绿叶，只有待来春了）

感怀

古亭秋风冷
游子慕名人
陈桥有故事

瓦岗李家臣

两朝皆兴盛
发祥令人醒
今人叹古事
终究成故人
（2015.10.31 于古卫国都城濮阳）

铁塔前

汴梁多美丽
龙庭面南去
包公湖水清
忠臣有骨气

铁塔九百载
屹立今犹在
百年名校重
俊才悠乐哉

驰道中原宽
新区灯灿烂

西湖胜西子

万世美丽传

（2015.10.24 于开封。周末游铁塔公园，菊花满城。河大厚重，西湖新秀。感同仁无私奉献，拙作记心声）

九月九日忆小弟

菊香淡淡飘大梁

秋风有意送秋爽

三十年前哭兄弟

金明池畔泪茫茫

小小年纪尤重情

相思借题王右丞

原来世间有宿命

古都赏菊少一人

（2015年于重阳节于开封。三十年前收到小弟书信，信中引王维《九月九忆山东兄弟》，命中玄机，这一年失去小弟。今日远在他乡，值重阳节，思念小弟发阳）

岷江堤岸

嘉州古韵
岷江堤岸
月高之夜慢行
伊人漫步河边
听，水声清脆
看，对岸朦胧
路灯，将双影推远拉近

来来回回
窃窃私语
走走停停
卿卿我我

人稀夜深
正是谈情说爱时分
不知说了什么
时钟默声
无语，听河水低吟
相吻，靠石栏冰冷

路灯亮得刺眼难忍

夜晚浪漫充盈

直到拂晓朝阳

无语天荒地老

（2015.11.4 于郑州。不胜酒力，看江边年青人爱得无私，爱得火热，借"堤"作诗记之）

月光

冲破黑夜的束缚

你勇敢地闯进她的心灵

银辉包裹着她的美丽

仿佛空间里溢满幽幽仙气

你捎带了桂花美酒

那是嫦娥给她的醉意

轻柔的轻柔的梳理

那是我给她的深情慰藉

你悄悄地走了

正如朝霞悄悄地来临

凝视着她动人的睡姿

笑容已爬进我的心里

（2015.12.2 于华阳夏纳湾畔）

涛声依旧

竹海雾霭有灵气
绿涛波澜久不去
峨眉温泉洗凝脂
嘉州塔下吟诗句

青春难留有天意
白发伴酒多别离
谁道人间情更真
涛声依旧闻先机
（2015.10.20 于开封。奔波在外,思念常在。有感而作）

赵氏托孤

晋地有故事
静谧如处子
赵氏为一诺
舍亲弘忠义

世事难续情
只因贫弱积

传道需时日

春风暖暖予

（2015.10.19 于开封金明池畔。有感《赵氏托孤》，以及对现今重利轻义的批判）

辛夷花

初识你的芳名

是驰往诗仙故里途中

正是春天时光

小路盘山

药王谷中

惊现粉红大片

大树无叶

花儿相连

好一个气势非凡

游人如织

花枝招展

欲扮林间花仙

抬头望远

拍照留念

妙龄少女晃动眼前
已有落花零乱
拾了几片
欲将暖意留在书间

（2015年春。朋友邀约去药王谷看辛夷花，盛况空前，花海连连。有感而作）

秋

红得满山都醉了
我也醉了
那么
呼吸着你的气息
连小鸟也醉了
又那么，或者
冬雪将至
春天还远在哪里呢

（2015.9.10）

三十年

没曾想到，镜前
三十年后的容颜
竟然，白发斑斑
那么意气风发的光阴
我们相聚嘉州山巅
转眼定格两年半

那是多么幸福开心的空间
单纯是留下记忆的主线
操场的清风
仿佛抚摸着不再年轻的笑脸
阶梯教室的夜晚
仍然放着《霍元甲》
关了灯的教室里
偶有月光下看书的青年
舞池里的旋律
至今还回响在耳畔
那激情的演讲比赛
还有球场上的欢呼声
常常光顾我的睡梦好远

吵吵闹闹、欢欢笑笑

不知什么是老之将至

一不小心

有些人已经走掉

三十年后的相聚

仿佛又找回了曾经的欢笑

再三十年后的期许

没有牙齿的你我

还能打打闹闹就好

（2015.9.22 于华阳夏纳湾。前几天收到信息，10月16日同学们毕业30年后在仁寿相聚，心情激动，有感而作）

舞英娘

盛唐留美敦煌影

后世难忘

弄《丝路花语》三十载

反弹琵琶解父愁

旋转风情万种

英娘有轻功

白燕飞新巢

红丝绕华表

是谁醉了

飞天舞动脸羞红

华夏绵绵根长

英娘卫夫情浓

流传久远

人间正道是沧桑

升起朝阳，换了人间

又见美人动容

（2015.10.18于嘉州白燕路。枭雄纷争、逐鹿中原的公元前606年，势力强大的北狄入侵卫国，大军压境，卫国朝不保夕，坐以待毙。随卫王征战的皇后英娘心急如焚，她决定牺牲自己的爱情，退出皇后之位，以促成齐卫联姻，只拯救卫国，由此演义一场壮歌）

醉英娘

"忘不了阳春踏青赏翠柳"

只源那双颊飞红又怀春

那日是白燕轻柔弄醉意

殷勤拨动

双翅张扬朝天去

七朝古都绕豫音

英娘大爱

退后一步留美名

英雄本弱女

胜,手握银枪巾帼

好一个英娘竞风流

赢在夕阳醉美时

(2015.10.17 于乐山白燕路。北狄与卫国之战,英娘退出皇后位,助两国联姻,保住卫国。豫剧《英娘》其中一句唱词"忘不了阳春踏青赏翠柳"为此诗开头,遥感英娘壮美)

拂晓时分

星空虚弱的光点,留给

深夜情意绵绵

泪流湿袖衫

梦见古人别离怨

不忍睡去

盼着朝晖

毛毛的红了一线

拂晓时分

光明点亮爱的期盼

望着照片里你的笑脸

竟让我忘情痴癫

（2015.10.13 于华阳夏纳湾。曾经年少，为思念而失眠至拂晓。看《诗探索》爱情诗篇有感而作）

蓉城

没想到与蓉城的缘

远不止草堂武侯祠

一环二环三环

将我环环扣紧在你心间

廊桥情人私语

月下漫步锦里

朱色大门敞开

是宽窄巷子的神奇

还有，串串香飘
飘逸在你幸福微笑里

芙蓉有情鲜艳
花笺相思泪干
对了，这些美好和遗憾
让我在成都期盼
（2015.10.11 于昭通。今日昭通事顺，又有友人唱和，作诗记之）

料想

刚过门的嫂子
鲜艳光亮
命运，却让她守了空房

迷失的男孩
孤单的新娘
善良，让他们互相疗伤

故事不再平常
汶川沐浴着重生阳光

那是，生者的希望

长大的男孩

爱上了曾经的新娘

命运，装饰了他们的梦想

客车上

离奇的故事有些夸张

料想，你以为还在梦乡

（2015.10.10 于昭通。曾在成都去夹江的客车上，听到灾后叔嫂动人爱情故事，有感而作）

琼花

初开三五枝

雪地院角旁

高洁欲飞去

攀登向朝阳

（2015.10.10 于昭通。2006年初，春雪中梅树开花，坚强惊艳。敬佩她的顽强，有感而作）

城市之水

城市之水
那是灵性姑娘
智者乐水
爱在伊人心上

城市之水
小桥月光
伊人相会
月亮在水中荡漾

城市之水
尽情流淌
牵手伊人
在水一方

城市之水
我的新娘
缓缓流动
伴我远航

城市之水

我魂牵梦绕的竹乡

（2015.10.1 于沐川。通灵桥上观水,"城在山中、水在城中"。想当年拦河筑坝,美化竹乡,辛苦也值得,有感而作）

峨眉秀

秀丽国色香飘
大行普贤弘道
山高佛光普照
云海仙境奇妙

彩蝶翩翩树梢
琴蛙鸣叫知了
半山一群顽猴
抱着美女香包

武术名有峨嵋
茶是竹叶青好
毓秀温泉情人
贵妃出浴画俏

诗是李白月影
情痴蜀中薛涛

骚客迷恋山水

峨眉分外妖娆

（2015.10.10 记峨眉天下秀美）

母亲河

白雪融融化清流

润泽天府

功高李氏先贤

千年流转

游人如织

看，鱼嘴宝瓶飞沙堰

青山庙宇有神仙

水雾扑面

浪花飞溅

扶母亲漫步堤岸

温暖慈祥笑脸

大爱和谐自然

（2015.10.5 于都江堰。国庆期间，家人一同陪母亲"问道青城山、拜水都江堰"。母亲高龄，腰疾较重，走走停停，辛苦中有很多开心）

太阳之城

热浪荡涤一切梦想
赤裸臂膀
冰雪包装
仍难抵温柔的烤箱

海水变成了鲜汤
鱼儿遭殃
森林狼烟雾弥漫
山鸡折翅焚场

热浪推动热浪
雪山没了洁白模样
公主哪里去了
王子四方张望
岩浆变成了姑娘塑像
生命之树凋亡

那蓝天白云去哪儿了
那长发飘逸飘去哪儿了
心中的太阳
太阳之城的力量

究竟怎么了

那抹去湖光萍莲的肇事者

竟然是疯狂的太阳

（2015.10.3 于嘉州白燕路。晚上有梦，太阳风暴，地球火场，历历在目，记之）

秋

丰硕是秋对春的回报

那是满满的粮仓

在金黄树叶铺设的山道

我闻到了硕果的芬芳

起伏的竹海

一浪高过一浪

那份翠绿

引游子回故乡

弯弯曲曲的绿道

通向梦开始的地方

摇曳生姿动容
还有破土玉笋张望

土鸡野菜菌子汤
是对远方相思的嘉奖!

这里,是秋色中
我那可爱美丽的竹乡
(2015.10.2 于竹乡沐川)

流水玉

地老天荒的神话
最朴质的爱情宣言
从来没有机会抬头看你一眼
总是高高在上的你
偶尔也会把我留意
于是滚烫的脸蛋
已把笑语写满

就是那么深情一瞥
我便失去了"尊严"

一股流淌的清泉

滋润了爱情心田

从此，我失去了自我

变成美玉

温暖在你的胸间

（2015.9.19 于乐山白燕路。"流水玉"：水流冲洗顽石，天地造作，天荒地老，水流中竟然有美玉呈现，是为"流水玉"。而美丽爱情，就像流水玉，难得一见，由此，才显珍贵）

珠峰对话

珠峰对话九寨醉

山鹏走笔似流水

海阔天空大胸怀

持帆远航求精髓

别样莲花有佛性

枯枝数点意红梅

为民服务系众生

惠风和畅真善美

（2015.9.18 于昭通。九月十五日，与山鹏大师有绿珠峰画馆，大师赠墨宝《为民服务》《海阔天空》《持帆远航》《惠风和畅》《莲花》《吟梅》。有感于大师情怀，作诗记之）

女儿嫁了

婚礼上
当我将女儿的手
轻轻放在新郎手上
这时,主持人的字正腔圆
讲述祝福与不舍
一下子,仿佛一枚针
刺痛了我的心房

新郎牵着女儿的手
走向 T 形台中央
那里,灯火辉煌
吸引了众嘉宾的目光
转身后的我
一个人坐在屋角沙发上
还是没忍住
泪水流淌在脸上
怕被人看见
心里阵阵紧张

女儿出嫁了
白发让我前额更加明亮

看着幸福的新人

我的心情渐渐变得愉悦舒畅

（2015年9月16于昭通。2015年9月13女儿婚礼后，心情一直失落，今天出差到云南，场景变换，突然想写点什么，于是有了这些文字）

秋色

春的嫩绿

夏之火热，那么

秋天呢

秋是女人饱满的胴体

冬之雪

春之梅

夏之雷，那么

秋之色

那是金黄金黄的大地

我抚摸着秋的饱满

那春的耕耘

夏的劳累

都有了幸福的微笑

（2015.9.1 开封有收获）

金明池

帝王苑林水清清
阵阵微风弄轻盈
晓来林间鸟私语
雨后何处寻知音

（2015.9.1 于开封金明池畔。金明池系宋都汴梁帝三苑林。现已重建，景色很美）

缘分

今生遇见你
是我没有准备的缘分
为什么你不早一点看锦里
为什么我不迟一点有织女

无情的时空里
终究遇见你

那是轰动的爱情

沉醉在你的记忆里

（2015.08.01 于郑州）

宋词梦

小香书中宋词醉

无可奈何花流水

瑞丽空中少女美

轻衫柔柔山峰翠

鹅城早早梦相随

沐雨栉风南北飞

何故差强弄暧昧

蝶恋花影新娘泪

（2015.7.31。机场购"小香书"《唐诗》《宋词》，晚上有梦。作小诗记之）

驿站

古之千里驿站

越岭翻山

艰难传递相思雪片

盼归期佳音

往往望眼欲穿

今有顺风耳千里眼

笑容音讯瞬间得现

可是，世情作难

欲见伊人如登天

想古人笔墨香笺

几多相思，字里行间

怨如今快捷微电

太多方便却是

难留情书鸿雁

（2015.7.10 于开封。飞来飞去，心回故里。丝丝忧郁，有感而作）

梦游

粉嫩一片，

闭目，阳光轻柔抚摸温暖

温暖丝丝缕缕线条
光明世界

草坪，青香扑鼻
背颈，痒痒得动弹不得
开口，却无声无息

白净，变得吹肌欲破
迷惑不解
身在何处
花海随山坡起落

飞翔，如风中信鸽
还有嗡嗡的音乐
飘逸飞扬
那是深邃无边太空极乐

灵魂出窍
光环层层叠叠
草地上躺着的花季少女
那是不是我
（2015.7.24 梦境）

凝视

无法看清你的眼神
尽管，我那么渴望它的顾盼
漂亮的墨镜
让你美丽着
那么动人灿烂

海鸥飞翔在你的指间
轻柔的纱巾把你装扮
黑色的吊裙
衬托了你无限性感

调皮中的微笑，明显
有一丝丝的妖艳
不知从何时开始
凝视画中的你
变成了我每天的习惯

（2015.7.22 于广汉回成都途中偶得）

您说，不要为我悲伤

望着您微笑的样子
仿佛永远不会改变
可是，就在我
转身的忽然间
已成了两重天

大雨倾盆
也冲不走我的思念
无法再牵您的手
从此，没爹的孩子
好生可怜

走出大山的青年
落叶归根的游子
血脉流淌的高贵
是天堂对您的待见

我望着夜空中最亮的星星
您说，好好的
不要为我悲伤

（2015.7.20 于华阳。近日友人父亲离世，又想起已故去十四年的父亲,有感而作。我相信,父亲一定会在天堂发出信息:"孩子,好好的,不要为我悲伤!")

心灵空间

那么一瞬
在音乐的包围中
你高傲的身体里
流淌动人的气息
让我如沐春风
通体畅快

那一晚
我们静静地坐在茶室
闻着茶香
彼此没有言语
沉醉在氤氲茶香里

一瞬间
你仿佛读懂了我
没有夸夸其谈
淡淡的

你发香的味道

跑到了我心灵里

（2015.6.27 于嘉州）

太阳城之二

光照四方的太阳城堡

是谁把你构造

多情的月亮女神

又是谁把你相邀

生命神奇的地球村庄

与太阳和月亮相伴

竟然是那么机巧

我躺藏在云朵低处

两眼四处寻找

那无所不能的上帝

能否告诉我宇宙的奥妙

那溢满灵性的天外飞船

我贴身在它的底壳

是否让我能知晓

飞翔在无边浩瀚深处

女神伴游默契甚好

瞟一眼够了

她浅浅酒窝装满了微笑

我默默思考

人们为何渴求爱情味道

我飞行在时间邃道

前进倒回

为什么答案难以寻到

为什么有那么多"为什么"

关键是更想知道

上帝又是谁把他来创造

无处解答也没人让我

把秘密报料

于是

我坚定地把自己输掉

勇敢地飞往太阳城堡

让生命之火熊熊燃烧

（2015.12.7 于河南新郑机场。最近总是思考一些哲学问题、宇宙问题，有感而作）

纪念日

渐渐地变成了习惯
无须提醒自己
那一天自然会十分温暖

洲际天堂的圣诞树
已经提前被礼物装扮
那么隆重又十分枪眼

铁达的心啊动人鲜艳
伊人甜甜的笑容
被音乐渲染得更加灿烂

静静的相伴聆听
那外国姑娘的歌声好缠绵
手牵手我们仿佛初恋那天
（2015.12.6 于成都世纪城洲际天堂大酒店）

生日

生日是什么
是母亲受难的日子
是母亲迈过生死关后的甜蜜
是看着儿子慢慢长大
再辛苦也感觉不到累的
母亲微笑的日子

生日是什么
是恋人刻意记着的
让对方惊喜的日子
是几个朋友听着老歌
喝着啤酒
不醉不归的日子

生日是什么
是两鬓已现斑白
是开始关注生命意义
是儿女买了体恤
是一串串串串香连着的
一家人欢声笑语的日子
（2015.4 有感于生日而作）

那一半

小城的夜晚

安静而怡然

偶有的热闹

是节日灯光球场的盛宴

知道你要光临

我早早地在看台望眼欲穿

十分钟

仿佛度日如年

终于

你在走道出现

独辫子、羊毛衫

一直在我面前

这一刻这一天

注定你我姻缘

书信让你心动

青城、温江、桂湖船

从此以后

你是我的另一半

（2015.3.26）

生死承诺

生与死的战场
"生者养老"的交待
那是十八九岁的誓言

生者恨未替死
尤甚"报丧"瞬间
那是何等的熬煎
"懂"贵生：从此"百姓"孝贤

二十九年
尽孝每一天
物欲横流世间
一个承诺
小人物感动天

（2015.6.28于华阳有感。一位退伍军人无偿照顾27位阵亡战友双亲，《成都日报》载"成都榜样"董贵生）

躲藏闺房

太阳城堡
是谁在领舞
荡涤一切黑暗的力量
燃烧是光的领悟

太阳城的温暖
让我远离孤独
躲藏在闺房的青春
是你羞涩的幸福

萍莲依依
那是水的付出
滋养心灵
是你爱的雨露

(2015.11.14 于乐山白燕路。读《斯嘉丽》有感)

红楼又梦

神秘幽怨的红房子
矗立在轻风微澜的水之边

隔河守望的郁郁青山
是爱情坚韧默默无言

慢慢地你敞开心扉
静静地泪流花颜
那满是哀愁的眉宇
陈述着一生的思念

四季如约交替变换
背景却难已再现春天
那太阳城热情的光线
也照亮不了情郎的双眼

（2015.12.9 于濮阳县柏维城市客栈）

金枝玉叶

盛夏烈烈日光
侵蚀着金枝玉叶姑娘
宽宽的腰带
勾勒出英姿无双

心痛地轻抚肌雪滚烫

还有香汗发梢流淌

骄傲地挺胸注目回礼

她们是古城风景最靓

（2015.12.9 于濮阳往开封路上。昨日有梦，夏日融融，乐山警花辛苦指挥车流，有感记之）

琼花开

茫茫雪原初震撼

瑟瑟北风冻腮边

新娘殷勤解衣衫

为郎暖身不迟延

裸露纯洁是真容

一枝两枝琼花艳

谁道女子用情浅

情到深处春满园

（2015.12.9 于濮阳往开封途中。补记中原前旬大雪有感）

影子

第一次见到你
注定今生会是你的影子

湖面微波荡漾
那是风儿掠过的痕迹

树叶摇曳生姿
那是风儿亲吻的痕迹

霜儿染红山峦
那是季节变换的痕迹

陪你慢慢变老
那是你我爱情的痕迹

你长发飘逸
那是我变成风儿亲近你
你睡眠中的笑靥
那是甜梦里我逗乐了你

呆呆地你望着镜中的美女

那是我的眼睛在欣赏你

羞羞地你双手遮挡自己
那是发现我潜入了你意识里

日出伴随你
月升跟着你

哭泣时为你止泪
欢笑时为你尽兴

注定分秒不离
一辈子成了你的亲密影子

（2015.12.9 于古都开封。记 12 月 6 日成都洲际天堂酒店音乐咖啡时刻）

贺兰山

贺兰山下奇女子
葡萄佳酿醉酥体
忽然号角狼烟起
浑身酒气跨战骑

出击手擎红缨枪

喊声雷霆战恶敌

日上杆头照胜利

血染轻纱动旌旗

（2015.12.10于开封中州银座。晚上友人小酒，网上看贺兰山资料，联想岳飞、杨门女将，还有《满江红》"破贺兰山缺"及唐代韦蟾《送卢潘尚书之灵武》"城窟莫教频饮马，水声呜咽动乡愁"等有感而作）

醉雪贺

友人约酒五号院

白菜卷肉可解馋

殷勤诠释俗文化

劝君多饮何时见

吐故纳新绿草边

娇娃耐冻薄衣衫

借问何处小宋城

原来女子是醉汉

北国历来多巾帼

杨家女将保边关

身在异乡多怀愁

白雪皑皑胜春天

（2015.12.10 于开封。晚上友人小酌，迎着凉风散步，忆近前大雪皑皑，所见所思有感。故记之）

贵妃醉

洛阳国色醉熏天

跌跌撞撞把君见

笑态惹人多怜爱

宽衣解带独自眠

飘飘欲仙来月宫

玉兔多情缠身前

迷迷糊糊又闻香

嫦娥醉卧桂花园

（2015.12.10 于开封）

大同春天

那么亲切的地方
那是追逐蝴蝶
数着萤火虫
草青牛美的童年梦乡

那么亲切的名字
无论在唇齿间
还是在影像里
只有你的容颜
我便不忍激动无语

高尔基街口
星海广场的美丽
梅花三弄的际遇
欢欢喜喜的稚气
仍是逃不过你的眉宇

忍不住呼唤你的名字
"大同"！远处飘来
乌克兰姑娘
"大同里弄大同人

东海悬挂月分明

前后上下浸银色

娇俏佳人睡不醒"的童声

（2015.12.18 于大连。高尔基街有大同路，又遇大同人，偏偏我又在天府大同村成长，几多机缘，故记之）

心灵撞击

你老练熟谙的修为

是你年轻貌美的盾牌

失掉敬畏的灵魂

向未来索取永恒

可是，朴实的展现

已俘房了我的情怀

梅花三弄的歌谣

在高尔基路头飘荡

1916 年的黄鹤楼

那是百年的钟情

只是白皙的肌肤

被香烟写真出温暖的金黄

女人的柔情

绑架了汉子的春光

只是,窈窕光滑的风韵

变化成朝夕情网

感动,心灵与心灵相撞

交织着爱情悠悠久长

(2015.12.23 于绵竹回成都途中)

醉了

不知何为杜康

你推我挡

入腹翻腾

鬼神般力量

那么,是谁让我脸红

又是,谁为我疗伤

杜康啊杜康

满眼春意

口中张狂

禁不住握伊的手

轻抚玉臂交心快畅

那是恩怨迷魂汤

杜康究竟何物
琼浆流动
欢欢欣然
助以佳乐
助以诗歌
好生令我心之向往

杜康啊杜康
你真让我神伤
爱你情浓
没你却心慌
闻着桂兰之香
摩挲细腻衷肠

别了，杜康
可是，难忘
杯中香满
心中旌旗飞扬
罢了罢了
梦幻般多情杜康

（2015.12.23 于绵竹回成都车上）

江景醉色

小花狗望着你

满眼深情

我心生嫉妒

为何不能像它那样

在你身边

幸福缠绵

岷江两岸灯火不眠

那是陪我醉浅

温情打扮

相对畅谈

更有阳光台上的橙甜

望着你情深款款

（2015.12.25 于嘉州岷江岸边。友人生日，少许红酒，为君坦言）

柔

水波轻柔

却能行万吨巨轮

发丝飘柔

更能动铁石心肠

滴水弱柔

却能贯穿坚岩

微风轻拂

更将大地复苏

你手尖轻柔

却让伤痛痊愈

你心生柔情

更将我紧紧围绕

那么，柔的真柔

还是，刚之难长

如沐春风时

两情绵绵海洋

（2015.12.25 于古嘉州）

暗香无痕

冬日北国
骄阳升于塔尖
东海微澜
冽风清新拂面

异国甜美歌声
醉了君子无言
谁多情牵线
触摸幽幽暗香谷山

王者风范
静穆而高远
三弄绕梁余韵
直击心间

少有的欲言又止
只是,不该窥视天颜
终究是郁郁寡欢
何不闻香珍惜当前

(2015.12.31 于天府华阳戛纳湾畔。见梅花有感)

春天的问候

2015年最后一天
整理未竟事业的留言
为了，迎接明天的考验

尽管窗外雾霾摧残
思绪却飞往北国蓝图
那里，已响起号角震天
一张张年轻的容颜
写满了激情与期盼
那是，生命应有的灿烂

来自春天的问候
你心中曾种下的誓言
是否，已扬起战斗的风帆

（2015.12.31于成都。2015年最后一天，战友们忘我工作，又遇首都发出振兴东北产业新号召，遥想沈北新区、大连、鞍山等项目计划，筹划明年蓝图，有感而作）

能否相遇在又一个春天

柳枝含苞的清晨
薄薄的烟雾笼罩在小溪两岸
隐约有个女子向我走来
那件动人的羊毛红衫

金黄的花海已露出点点青色
嗡嗡的蜜蜂也收获了甘甜
晶莹剔透的汗珠,诉说着
运动场上你婀娜多姿的表演

伸手抓住熟透的果子
已是秋天晌午时间
红彤彤的脸上写着
收获季节里你幸福的欢颜

告别在雪花飞舞的傍晚
慢慢地你消失在竹林边
默默地,我心中急急叨念
我们能否相遇在又一个春天
(2016.1.2 于德阳旌湖岸边)

冬日阳光

终于冲破厚重的雾霾
在银杏叶洒满金色的岸边
你露出胜利的光芒
将我和伊人温暖

匀称步态缓缓
被你的多情卸下了衣服后
伊人婀娜的身段
还有,变得话多的我

沐浴冬日阳光舒展
甜甜的伊人双眸
含春般灵动闪闪
内心滚烫般流淌

那是,对伊人的迷恋
没有告白衷曲
只为,等待那一刻庄严

(2016.1.4 于成都。连续几天雾霾,难得今天太阳。府河边公园老人、情侣、孩子享受冬日阳光,有感而作)

丁丁

与你相识

是在你出生后不久

那时，一个酒仙一手抓住你

不停地晃动

口中梦呓着：飞啊飞呀

待你被放在地上

颤抖着站立不稳

既可爱又让人怜悯

从此，我知道你叫"丁丁"

弱黄弱黄的小可爱

从此，每当去小弟处贪嘴时

你一次比一次圆润

只是，你不是金枝玉叶

却懂得缠绵母爱怀抱

人有悲欢离合

更有喜新厌旧

远游归来之时

得知你已被美人馈赠

看着灰色"米奇"

伤心被弃丁丁

世情淡似浮萍

不知丁丁安妥

可笑我不相干之人

心中念念几何

终究一次随口相问

才知你命已凋落

不爱惜又何故多情

悠悠我很难过

（2016.1.7于天府华阳夏纳湾畔。不知为何，想起三弟家可爱可怜丁丁，心有难过。记之。注："丁丁"，一只小不点黄毛宠物狗。"米奇"是一只长毛大个宠物狗，是主人"新欢"）

味够

金犍女婿五通缘

冬雪煮香绕锅边

红油浇出嘉州鸡

祖传醪糟把肉煎

曾氏家族有口福

老者倾情把艺传

桔子泡酒最有情

三杯下肚尽开颜

（2016.1.9于乐山老教育学院。四弟初献厨艺，赢得满堂彩。记之）

飞翔

随了你的节奏

轻飘的身体

飞翔在宇宙四方

哦，该是出行的灵魂

在星际荡漾

前方，是"围城"天堂

"我们仨"新的家园

果然团聚、幸福绵长

偷窥亦喜

耳畔，仿佛仙乐流香

淡定从容

华境梦长

一阵鸟鸣

怅然若失在梦醒的地方

(2016.6.25 于乐山。梦中去天堂,见钱先生一家"围城"幸福,记之)

舒畅

几处色彩

涂抹出一段故事

零星文字

填满了春山冬雪画廊

都是空灵般透彻

又如惠风让你舒畅

而且,是精神的黎明

老树常青

心儿随了爱情

美好的,值得倍加珍惜

(2016.6.28 于天府华阳。为老树点赞)

电流

在高塔之下

峨眉温泉

月光

照伊人妩媚

酒红人醉

桃花源美颜

几度风流

原来江山如画

七里坪花朵

期待嗅到沉香电流

（2016.6.30 于新津）

飞扬

精神飞扬

在那太匆忙的书页上

太易流逝的青春，终究

成为一生的骄傲或忧伤

精神飞扬
向往回不去的操场
发黄的照传片
记录了爱情月光

青春的匆忙
跳跃皱纹成双
美好的终归美好
那是一生灿烂阳光
（2016.7.5 于旌阳牛王庙）

境界

稚嫩鲜活神态
是禅定般境界
原本成熟得太重的社会
便有了童心归来

归来，是曾经的单纯
偶遇了一湾花海
久盼的雨天来了
蓉城又是处处畅快

夜色，点点灯火

那里终是爱的承载

（2016.7.6 于天府华阳）

水珠

随风飞成云朵

慢慢地积累

积累了惊雷滂沱

大海呀，蒸发了热情

翻山越岭的云彩

为大地预备雨露

我飞翔在云层之巅

盼望化为雨点

寻找回家的温暖

骄阳还是骄阳

雨点终是雨点

前方是大海浩瀚

（2016.7.11 于天府华阳。人生经历，都是财富，珍惜！记之）

畅想

还是杜康多情
让伊人没了清醒
清醒,是晨曦温柔
照征途航行

波尔多的佳酿
红白催梦渐醒
不是无奈
有爱才能温馨

(2016.7.14 于天府华阳。为石化、海天合作点赞)

苦

为何难过
紧锁双眉欲哭
是回忆无缘
不能同路

一万年太长
在乎朝朝暮暮

回忆初有颊飞红

爱人沉默

是千古追求

环宇飞来仙乐

（2016.7.14 于天府华阳）

巨人

仰望星空

只够着深蓝的

你的长裙

那里悬挂了月亮

星星，以及

我们的梦乡

梦见白云朵朵

朵朵白云

衬托了你红红衣裳

留梦在阳光天堂

春心荡漾

因为你的温柔漂亮

（2016.7.23 于华阳。正如曹雪芹所言，女人是伟大的，男人是粗糙的）

青城情

小雨回避了白云

在头发间流淌

风是微微的

空气中充满花香

拜水都江堰

问道青城山

有故事一段

是清新美颜

海天一色高洁，追求

兄弟情怀手足，路远

我漫步在夜雨中

心中期待不眠

（2016.7.23 于青城山）

旅行

我惊喜着天池的蓝
还有来自南方的
我在雪花中单薄的衣衫
向往自由的纯洁
终于在冷空气中
找到了干净的清甜

我肃穆在长城的垛间
家书抵万金的边关
闻到了烽火台的浓烟
金戈铁马的撕裂
血染战袍的冲击
浩荡翻滚在我眼前
旅行在生死之间
暴雨为我洗面
闪电为我点烟
见不得敌寇毁我家园
见不得昏昏沉沉又一天
奋斗是旅行人生的加油站
（2016.7.25 于天府华阳）

天际

云彩打扮了天际
风儿变换着它的姿态
还有远处的太阳
用光芒画出了天空重彩

车窗交替着风景
最美是山边庄寨
缕缕轻烟
加入了天空的色彩

前方灯火点点
那里是否有我的期待
旅行在天地之间
时光装饰了未来
（2016.7.26 于李白故里）

羞涩

坐在角落的你
静静的像山间那枝梅

没有一分张扬

淡淡的馨香袭来

却似春风溢满人间

你用双手捂着自己的脸

仿佛怕人窥见

那已赤裸在我面前的羞涩

淡淡的一绪柔情

却似春风溢满我的心间

桃花那么诱人的容颜

欲言又止的瞬间

把我带回爱的始点

淡淡的一丝浅纹

是执手到老的初恋

（2015.12.1 于开封。心中却满是"储蓄所"时的回忆。故记之）

三毛情怀

沙漠里的泉眼

映出流浪者的追求

清晨的冰冷
是为了迎接烈日炽烤的理由

退去了青涩
饱满浑圆的生命
回答着:"如果有来生"

逝去的变成了永恒
默默地倾听
倾听清源际诗人的心声

(2016.7.29 于清源际艺术中心。晚上参加三毛诗文乐享会,记之)

我知道

我意识到花儿的短暂
正如阳光下露珠的瞬间
我知道,我们该珍惜眼前

地铁上邂逅的美颜
转身将走向另一车站
我知道,我会再看一眼

一句温馨的问候

像春日阳光般让人心暖

我知道,我一定微笑留恋

看不够你的如花容颜

还有饱含深情的双眼

我知道,缘分真的不简单

所以,从今天起

珍惜万般难求的生命偶然

燃烧自己,让爱更长绵

(2016.7.30 于静月湖畔)

惊艳

划破黑暗重幕的光线

俏丽了花儿朵朵

开在你我微醉空间

惊艳是你的本色

在心灵飞起一瞬

是伊人回眸嫣然时刻

小雨清凉了河畔
夜晚在虫鸣声中寂静
心儿却在微风里印染

惊艳是今夜不眠
唯有低沉音符
飘逸在半梦半醒之间
（2016.8.15 于成都）

身边

去发现美丽
人生就是发现之旅
车行急，偶然、惊叹
天空鸿雁飞起

那么明艳
也许今世仅此一遇
祥瑞惊现身边
是上苍对苦行者的顾眷
车行渐慢，留下相会
在蓝蓝天际间
（2016.8.18 车过宜宾，留下仙境般画面。另配美图共享）

风暴过后

乌云翻滚着

被火鞭抽打

隆隆的撕裂声

催促了倾盆雨洒

犹如将明前的黑暗

黑色如漆

急行军般奔驰

向黑夜深处冲刺

只是微微晕红

又是慢慢昂扬

洞开处,光柱

横扫满眼污浊

(2016.8.19 于夜行中,由滇返蓉)

懒人

总是那么多借口

只为贪一时之欢悦

总是有那么多理由

为了早一些从案桌溜走

该见的人该读的书

明天吧

该说的爱该尽的孝

改日吧

无数个明天无数个改日

催生了无情的白发

无数的白发装饰了

一生苍白的活法

（2016.8.19 读《光阴易逝》有感）

精气神

榔头砸向天空

平地惊雷震环宇

终于赢了

赢了自己

了却一生夙愿

赢自己，真难

"一起狂一同扛"

多么亲切多么热血

耳边欢呼声声

我内心宁静

宁静，寻找神一般精气神

（2016.8.21 为女排女神而歌）

边城

从文的"边城"

秀出水韵吊楼

路过，匆匆老牛粉

待伊人同游

时不待我

小小飞艇紧候

怀不老之心

海天一色，寻梦奔走

（2016.8.23 于天津。中午路过凤凰古城不能游，待机缘再行。记之）

壮烈

不忍山河变色
眼睁睁弟子壮烈
单挑群魔于天际
载入心酸史,盈泪热

燃烧,不屈精神
绵绵五千年血脉
蓉城蓝蓝天空
万里白云美绝
(2016.8.26 于成都。为中国抗日雄鹰而歌)

白夜

是多么的矛盾
白夜行
街头歌声不绝
是艺人进行
竞争酒店的竞争
畅酒难醒

驻马店的马哟

千里行

我心中马呢

天空行

你微醉的娇语

我还行

夜晚是白昼的诠释

东野圭吾笔尖

流淌了忧郁的爱情

（2016.8.29于驻马店读小说《白夜行》，在"竞争饭后"吃晚饭）

第二故乡

因为心有牵挂

总是回头张望

那些生命中的点滴

那些装满故事的山水

那些飘香的老酒

都是故乡的温暖

时光像流水般远去
思念在逆水行舟中成长

因为在乎
所以放在心里
因为热爱
常常复活在梦里
（2016.9.3 于天府华阳）

书

交织了文字的薄薄片纸
仿佛注入了神力
演出着悲欢离合
还有种德收福的真理

空虚浮躁的我们
可曾在夜静之时问问自己
什么是德
我想，也许一本小书
或者一部人生无字天书
在你头破血流之时

定能告诉于你

薄薄的纸张
因为文字而厚重
粗糙的人生
因为读书而庄重
（2016.9.4 于白燕路）

爱人天堂

光的世界飘逸了精灵
那是嫦娥的使者
来问西子谁最美

钱塘江流淌的彩色
在秋天里晃动
那是醉人的爱情暖风

扣人心弦的梁祝
演绎着永恒主题
爱，是今夜无眠

悠悠的香哟

那茉莉花的情浓

情浓，是伊人娇宠

高山流水的韵律

是知音互动

互动，是大国的从容

酩酊大醉的今夜

桂花酒醇浓

醇浓，是爱情你懂

（2016.9.4于天府夏纳湾畔。为G20杭州而歌！整场晚会以爱为主题，水的灵性和光的惊艳，以及《高山流水》《茉莉花》《梁祝》，等等，幻化出仙境般世界，确有大国风范）

心灵颤动

我怎么那样激动

听到你甜美的低语

分明有初恋的气息

心灵颤抖着

向绿色寻求希望

那里有爱人模样

寂静秋夜，G20
西子湖畔盛宴
我心儿满是蜜甜

在乎那默默爱你的引力
那是生命永恒的爱的潮汐
因为，你是独一无二的你

（2016.9.6 于天府华阳。耳畔爱的细语及《寂静秋夜》有感）

从容简约

高山因为白雪
便有了清凉凛冽
那份干干净净的冷
却是我心中的热烈
从容是退去了虚荣的年轮
是雨滴芭蕉叶的音色
可是缠绕心头思念
于我却绵绵不绝

渐渐捡回了书香

也更欣赏伊人的淡妆

简约是繁华的心灵呼唤

也是我对你的赞赏

轻轻抚摸我神经的音符

让我充满淡淡忧伤

（2016.9.7 于内江）

小河

垂钓的心情

被小鱼游戏着

身边的小白狗

天真地玩着布娃娃

伸向河中的小码头

男子在水中犹豫

再向河心

渔船悠闲划过

青山映衬在水面

风是微微的

岸上的我拍了河景

心儿仿佛定格在画中

从文的湘西故事

正在书中眼前流动

（2016.9.8 记昨日川南小河美景）

邛海

海风拂面而来

携带了传说

灵蛇回报了苦主

涌水而成海

海边水草青青

对比了山的坚持

来自天府的游子

忘情于泽国高原

阳光温暖了月亮城

小春城柳枝翠绿

飞向琼宇的探索

让人仰望遐想

醉了是贝壳美丽
情侣穿越钟爱
清凉送爽
酒已醉了三分
（2016.9.8 于邛海）

不能忘记

有那么一时
是忘却的纪念
回头
是诗人春系沁园

不能忘记
救人于苦海无边
韶山冲的光芒
映红了大地笑颜

无法忘却
历史屈辱百年

那"站起来了"的豪迈

是我们不老的尊严

（2016.9.9 于邛海怀念毛主席）

桃李情

三尺圣坛

稚嫩和希望当前

有个声音穿越了时空

"谁是最可爱的人"朗朗梦间

我怀念我的老师

阴阳两隔的摧残

往夕的滴滴点点

泪水已模糊了我的视线

（2016.9.10 于天府华阳。想起初中老师钟光旦，心中有强烈痛感。人已去，空留思念）

江边

流动的绿波

向大海问好

匆匆去了

是向往爱情趋早

我在江边流连

那急流回转寻找

回转的浪花告诉我

一辈子的缠绵朝朝

（2016.9.13 夏纳湾。十五之前，双英共勉，江边有感）

月亮

月亮低悬在窗前

让我无限遐思

今夜又是无眠

极目仰望

在山的那边

是否你也在窗前流连

凉风徐徐拂面

耳畔一阵响动

那是鸟鸣凄婉去远

我呆呆的不愿离去
清辉朦朦
月亮湿了我的双眼

痴情于夜的穆然
思绪飘逸,思念
追逐在你的身边
(2016.9.15 深夜)

去向天堂

前天还听到您伴着笑容
的声音,那是在电话里
七个小时前握住您的手
您吸着氧气,在病房里
一百五十分钟前
知道您已老去,是在表弟
来电哭声里

真的冥冥中见到了您

那是午后去英雄故乡的

我的梦里

在梦里，您声如钟

在梦里，您笑容甜蜜

此刻才知道，那一瞬

是您去向天堂的回眸

去吧！在人世您太累

去吧！您所牵伴自有福报

去吧！在天堂好好逍遥

只是记得，当我们思念您时

您要到生者梦中报到

（2016.9.21 于成都。堵在成都绕城高速上，两个多小时前，得知四姨父去世，车窗外有云彩似天堂，那是逝者去的地方！悲伤而记之）

秋思

绿叶被果实纠缠

又牵挂着春风走远

回望秋色

那一抹红，是秋思绵绵

沥沥细雨
来一场冷更添
只是高高在上的白云
与蓝天多情相伴
金黄是岁月洗礼
秋思，殷勤了邛海波澜

（2016.9.23 于成都。中午与西昌朋友相聚有绿，记之）

秋韵

还是那片天地
繁华变幻出爱的物语

醇厚的一季
那是金黄秩序

风儿带了麦香
那是对勤劳的献礼

我钟情于你的成熟
成熟是心灵的默契

我忘情于你的醉美

醉了，你回眸时的神秘

（2016.9.25 于天府戛纳湾畔）

优雅的女人

晨曦中，你轻轻甩动长发
那一份飘逸和光辉，让我
一天的心情也笑了起来
因为那是最美的晨景

精致的衣衫
勾勒出完美线条的你
缓缓向看台走来
那时，我就知道
今生你是我的女神

淡淡的妆容
透露了不一样的精气神
总是欣赏的目光
砰然心动
在每一个梦醒时分

（2016.9.25 于天府华阳）

你问我这一刻的想法

因为一个承诺

一个没有贫穷的世纪承诺

你,在拼命战斗着

肩扛大众冷暖

负重在山路奔波

你,为理念而超脱

大地之子

蓝天雄鹰

你,是慈悲佛陀

你问我这一刻的想法

"一路向好"

你,引着群羊过河

(2016.9.29 为彝族蒋富安 26 岁村书记累死工作岗上默哀)

路

乱如麻
理更乱
通途何时方见

金色铺就
树立哨守
化蝶何须理由

湾弯曲曲
坡下坡上
光明处便有希望

走进了绿心
走出了沙漠
前方,是大爱无我
(2016.9.30 为国庆而歌)

知音

心头在颤动

是随了琴弦的节奏

忘了时光

闭上醉了的双眼

任由风儿飘过

飘远的风啊

是否稍带了音符

你慢些流去

让这一刻变为永恒

再慢些飘离

再绕梁久些

你可知道,音乐

那是上帝对我的恩赐

(2016.10.1于天府华阳。已是凌晨两点过,耳机流淌着音乐,今夜无眠。记之)

流动的波浪

流动的波浪
在夜色中传来
急躁的喘息
那就是我心跳的声音
因为马上要见到你
面前的双影
重叠而晃动
紧扣的十指
久久粘在一起

此刻的甜蜜
不舍不弃
月色中我们默默无语

对岸树影雾气
石栏全是凉意
相拥的温暖
长吻的痴迷
是牛郎日日的回忆

那么遥远的距离

相望无语

终究那么残忍

可望不可及的相思

只是常常念起

人间还有七夕

（2016.10.7 由李白的诗引发的情绪。记之）

晚霞染红了……

晚霞染红了

天国使者

匆匆地飞翔

天使啊，可否为我带个口信

捎给海边那位姑娘

驻足远望

情人心慌

说好鸿雁先行

等啊，由春到秋

为何迟迟没有声响

焦急的情郎

祈求长出翅膀

要立刻见到心上人儿

为她朗诵热泪谱写的诗歌

那是他俩的爱情篇章

情动四方

一个望眼欲穿在海涛岸上

一个登高极目山岗

燃烧的时光

爱情之树生长

终究是悲伤

天涯海角

又何止海角天涯

无法穿越的世界

阴阳两茫茫

（2016.10.11 读托马斯《追求幸福的意志》有感而作）

自由

风轻轻吹拂

清晨

朝霞雨露

梦已初醒
前方
海天一色浅雾

色彩斑斓
雁有归途
在醉了无助

此刻祈福
一种境界
愁绪少了盼顾

（2016.10..13 为朋友醉了）

就是这样的一句

就是这样的一句
平常而真实
我想你了
一下子感动了自己

轻轻地吟唱

缓缓的旋律

像醉了的春天

满是你的暖意

生命从何而来

又奔向何去

三万天的旅行

难得有你的记忆

平静如水

淡淡愁思

我想你了

过好你的日子

（2016.10.18 于夏纳湾。看到《我想你了》一文，有感而发。记之）

遥远的天空

海边的落日

模糊了天际

你闭上了稚嫩的眼

芦苇花在心中飘逸

心在路上播种善良
世界净净而美丽
只有敞开胸怀
才能找回灵魂伴侣

那一抹金黄
在雪白中耸立
牺牲了光阴的翅膀
为梦中人甜蜜

几个快乐小子
让阳光驻进了心里
离天堂最近的地方
你们要好好珍惜

仰望无穷星星的世界
那满满的全是神秘
谁能做到无愧天地
我不忍看到丑陋的自己
（2016.10.20 于天府华阳。看图说话，自言自语。记之）

秋天的叶子

秋天的叶子
在阳光下燃烧美丽
有些清冷的风
摇动她的淡淡忧郁
行人默默无语
目光在不舍中漂移

终究要奔向上厚土
身影在雨中化去
我铭记了你的温情
在有些冷的日子
不要悲伤不要逃避
那一天会唤醒在春天里

秋天的叶子
干干净净那么美丽
鲜明着的离去
那是昂首的气质
离别,是再一次出发
为了生命中的下一个相聚

(2016.10.25 于天府华阳。在落叶时分看《魔山》引发的情绪。记之)

听，秋

听，红叶颤动
看，林中涛声波滚

明明冬已临近
偏偏秋阳骗人
我驻足停留
停留，倾心秋声
（2016.11.4 听杰客读诗有感）

秋语

向西北，有火辣枫叶
连绵起伏
醉了人间

说走就走的旅行
风含凉
衣还单
路边，小树渐远

心儿在秋色中向前

远方，传来冬的讯言

又将冻红谁的笑颜

我欣然

寒夜潜伏了春天

（2016.11.6 于天府华阳）

净化

去过了

围了圣地

绕了三绕

净土好高

脚步在静穆中

随着灵魂起早

净化了

自己好渺小

空灵中谁在舞蹈

净化了

世界好渺小

茫茫宇宙谁真知道

雪花绽放了
在空空的轨道
牵了你冰冷的手
飞去了
净土好高

（2016.11.7 于华阳。回忆雪域有感）

雨非雨

细细飘洒的雨
在我心动瞬间
你撑着天堂小伞
在石板巷路迎面

一种颤抖
如电流通体流窜
款款过了
久久流盼
从此，我期待小雨
期待那美丽重现

大地春去冬临

花儿不断变换

傻傻的守候

守候，春天重见

小雨已不是小雨

那是注定的情缘

（2016.11.10 于金明池畔。最美是珍惜缘分，因为世界太大遇见不易，生命太短相伴有缘。读《诗境浅说》有感，记之）

牵手

"因为爱着你的爱，

因为苦着你的苦，

所以牵你的手……"

我沉醉在音符里

酒后的歌声

在掌声中漂流

有情人终于爱了

爱得深沉美丽

我为爱情放歌

那是春风对梅花的问候

我为生命而歌

一切美好总让人醉够

（2017.1.21 于成都。为功全先生用情至深而感动。记之）

亲吻春天

刺骨的冷风吹红了她的脸

红彤彤的，真好看

为了春天的约会

爬山涉水，踏云而追

追逐春的气息

心中成长的希望

惊讶于寒冰中点点绿色

她激情吻吮着春天

那燃烧的爱情

催开花儿红艳

这一刻，她用生命谱写了

雪花对春的爱恋

（2017.1.23 于夏纳湾。大寒过后，春已近。春是希望，特别是寒冷中对希望的坚持，是我此刻对朋友们和自己的期许。记之）

小雅

诗情山水淡雅

淡雾轻柔

飘在村庄

身影灵动

胴体娇弱

在朝霞温暖中

太冷时刻

心无归属

好痛,用情切切

水灵灵面前

善良动人

来生续缘

(2017.1.24 于昆明)

色彩

上帝悄悄地对我说

诗人，祈求什么
我贪心不足，回答
求心上人永生
真贪，天父笑语

我借春风问候
问你何时无忧
你捎回信息
待春暖花开
同游爱河有你
（2017.1.24 醉得高兴！记之）

失控

思想啊，慢些
我跟不上你的脚步
你为何不着边际

快跟上，你这胖子
前方有哲学家等着
讲人生意义

我追啊，好累
只想在林荫小睡
天上白云飘过
湖面飞起情侣成对

失控，文字涌动紧随
不放过沉醉，寻找
美丽在你眼眉

美人，你可否轻启玉贝
吐兰馨
（2017.3.15 有梦记之）

阳光丽江

随着阳光前行
山峰在通途间变幻
乐山宜宾
水富昭通
昆明楚雄
大理丽江
追，彩云之南，还有

诗一般的名头

蓝天白云悠悠
雪山份外抖擞
小巷流水清清
灯光好是温柔

"心院"驻留
纳西仙乐飘游
沉醉发呆，原来
为美好奔走

（2017 正月初三于丽江。母亲、岳父、岳母一同游丽江）

台词

没有一句台词
却感觉生命里
塞满了爱意

何为人生
这小小机器人物
已将答卷写得那么惊心

没有一句台词

却满眼净是暖意

人生又何须台词

一切表演

在真情世界都显多余

（2017.2.2 于天府华阳。观"老人与小小机器人"有感，记之）

春早

轻轻的

我看到了春天的脚步

尽管，树枝没有一点生机

大地仍是灰蒙蒙的

风儿也挟了冷意

吹得脸蛋生痛

一切被冬统治着

就在不经意的晌午

漫步在锦西路口

在行道树边草丛

一点嫩白的小芽

探险般露了尖尖

禁不住一阵惊喜
在立春时刻
生命把希望张扬

（2017.2.3 于天府华阳。立春日见到春讯，有感，记之）

看你

看你，清晨懒懒不起
太阳已升得好高
不忍叫你
让青春睡美
西子啊，好美
乘彩云南归
望蜀山多情
留春天喝醉

萌萌小白
眼神了得
为你多情
在微曛时刻霞影

（2017.1.24 于广汉）

匆匆

太多的感慨

这一刻

化成一阵轻烟

连梦也没留住

是光阴匆匆

前一阵子的惊险

后怕,一口气的事

便如烟散了

犹如冰雪洗面

清爽,不只在容颜

心中更是明了

要活得可爱,实在是

来日并不方长

(2017.2.8 于蓉城北等人时刻。读《生命来来往往,来日并不方长》有感,记之)

祈福

柳叶黄了

府河水清清

阳光带了西藏的问候

在蜀国有缘多好

婷婷玉立

功已全了

在有爱的冬季

春也醉了

地铁人少

我在音乐中寻找

寻找春之霞光

天籁包围爱你太少

（20017.1.21 于华阳地铁）

卡其鱼

卡其鱼啊

哪里是家

湛蓝的海天一色

可否留住你的美丽

定定看你在林中

清澈的溪水问候你

素雅装饰你

火红点燃你

在春天里

幸福你

白云在山尖驻留

小雨在傍晚细语

我祈盼春光里

深情有你

（2017.2.12 于天府华阳。卡其鱼是诗人想象中的鱼）

海天梦想

海天，我们的家园

爱是力量源泉

海天，逐梦的前线

奋斗是我们的尊严

海天，放飞理想的起点

为了祖国的富强

为了孩子们的明天

我们迎着曙光向前

千溪万河涌流入大海

那是因为大海的博爱

群英高飞搏击长空

那是因为奋斗的精彩

我们肩负了使命

为民服务 是深切情怀

我们唱响了愿景

用美丽 拥抱未来

（2017.1.21 于锦江；2017.2.16 修改于德阳）

不眠

深切地担心

让自己今夜无眠

原本粗糙的灵魂

在牵挂中，逐渐

变得些许温暖

眼前，浮现出慈爱

辛劳和皱纹满脸
那些唠唠叨叨
满载着关怀无限

可是，有时的我
表现得还不耐烦
时针转着无眠
心疼，慈母病床前

虔诚祈祷
明儿是个艳阳天

（2017.2.15深夜于德阳。母亲明日手术，焦虑无眠。记之）

为何读经典

一块附着了灵魂的砖头
神奇的符号跃然其上
这别样砖头
让我们有了传承
有了精神和追求

牵着女儿的小手
指划一段段文字行走
将书垫着她的枕头
多希望她在知识的
海洋中神游

如此的苦心
多年以后
在共享灵魂滋养
和慢慢成长中
我找到了不悔的理由

（2017.2.16 于德阳。母亲手术成功，又看到《因为他们读一流的书》一文，联想到小女出生后，我用书为她作枕头及希望她热爱知识的纯朴愿望，有感而记之）

霞光

俊俊的你呀
躲在阳光下
躲在春光里
彩霞装饰了你

常常思念
无邪的情感
小宋城的演出
你激情万千

酒醇香醉了
在蓉城
飘向了
古韵汴都多好
（2017.2.17 于华阳）

飞燕

燕子李三的神秘
似天山云雾
变化莫测
魔手挥动
雨停了
云驻了
看你美丽妖娆

明天，在河边

在春光里

在花语间

共叙爱的诗篇

（2017.2.17 于华阳）

拼图

春天在雪花中打颤

梅花饮了冰雾开得好艳

还有你，厚重包裹着

你依然好看

花儿印在你眼里

定格了美丽

线条在大厦中延伸

那是爱追逐着你

银河飞渡

在浩瀚深蓝里

纯粹爱的本色

好着迷

百花在海风中盛开

岸边繁荣了情怀

别走老路，小心失去你

网速太快

（2017.2.17 于乐山西雅图）

暖语满堂

幽影相随

风流飘移

不只是俏俊才气

更有万千柔情

以及含泪的赤子

幸福被追逐得好累

名利、爱情、亲情

以及一个甜甜回眸

一句暖暖的问候

这是无限幸福

我在小溪边看青草依依

一个浪花

微笑着问我,找谁

我朗朗应道:找自己

(2017.2.20 于天府)

小鹿快跑

那双惊恐的小鹿

仿佛在眼前奔跑

她们好紧张

连枝头的鸟儿也

为她们加油

路边的小花

红着脸蛋

助她们逃掉

就是我这样童心

荡漾的苦行者

也喜形于色地为她们的

逃脱而欢呼

这一切

庆幸她们有位鹿中豪杰

那是母亲爱的壮烈

颈项被利齿咬扯

坚强地挺立

目光淡定

心中焦急催促

快跑！快跑

在这要命时刻

那神奇的爱

把我们的心灵煎熬

（2017.2.21 于天府华阳。网上风传母鹿救子壮举，图文让人惭愧、悲恸。记之）

不老的情歌

当你老了

我还能用歌声叫醒你吗

那是我们初恋的情歌

歌声里有星星和月亮

有草垛和花香

当你老了

我能领你走在细雨中吗

那小红伞下的倩影

那一缕湿发遮在眉间的你

还会倚靠在我的心坎吗

当你老了

我还能吻你飘飘长发吗

那心中的女神

是否有了深深皱纹

没了洁白美牙

当你老了

我是否也老得掉渣

我若真是那样

你不要把我笑话

我还会为你唱起

那不老的情歌

（2017.2.23 于天府华阳。听《当你老了》，写自己的情歌）

问题

清晨在山岗看日出
心头震荡
一个问题，突然
横亘在我眼前
我是谁喃

那么强烈那么突然
回首，也曾遇见
来自何处的拷问
只是一晃而过
因为没有答案

我们一生为谁奔跑
为生命服务，谁又
为我们的灵魂服务呢

不是多愁善感
实在是光阴有限
朝霞昂扬温暖
我在寻觅中
践行服务宏愿

（2017.2.25 于天府华阳）

山花

满山飞舞着清新
还有你鲜艳衣裙
远处有海波荡漾
阵阵浪花奔袭而来

仿佛驿动的心
在山岗怒放
牵着你纤纤小手
在花海驻留

醉了花朵还是爱情
海风送来问候
美丽的山花哟
你的世界好清纯

(2017.2.26 于天府华阳。海边山花,透明世界,好美。记之)

李子树下

见你清澈的溪水

眸子是那么纯粹

你素颜好美

坚持，不要被社会欺骗

你粉红的小妹

在山水间嬉戏

无忧无虑

是你本色好些

快快过来

在我醉了十分

吻你梦在。

（2017.3.1 为山水而作）

湖边

大风包的雪

化了，小溪涓涓

汇入马边那动人的河

彝人的酒

彝人的舞，

还有动听的歌

一路奔流
向前涌动
为了远方有诗

我追浪花
去远方,
见相约恋想

朝霞让了夕阳
春去冬临
为爱远行

终究在缘分里打听
来生可否
轻轻吻够

(2017.3.1 感怀)

简约一度

白衫在冬季飘舞

飞来飞去

寻梦春天

满是忐忑心灵

去或不去

终究情字了得

感动在眉宇间

深深印了

一生情缘

断了信息

藏在心里

是爱的气息。

（2017.3.1 于巴中）

湖边行路

小石子铺就生命小道

薄薄的鞋底

传递了尖硬力度

有些痒痒的脚心

微微一点疼痛
也温暖了我的脚步

路灯伸长又拉近
的人影，一对对
在我前方来来去去
悠闲或者窃窃私语
把湖边的夜晚
注入了温度

山楂树和
莫斯科郊外的晚上那旋律
陪我独自前行
不敢放慢脚步
下一个桥边公寓
母亲在把儿子等候

（2017.3.3 于旌阳湖边）

更愿你是天使

夏娃的生命河流
不息的奔腾

在深蓝的世界激荡

没有片刻停留

原来，那里有生命不朽

你是怎样坚守

硬是让粗糙的大地

有了鲜花般温柔

是否用你爱的泉水

滋养了家家幸福长久

我常看见

黑幕下的丑陋

疾病如撒旦

想把美好夺走

我用时间为赌注

向魔鬼偷了罪恶

在无穷的黑夜中

把你炼化成天使

之后，阵阵欢笑

在灯火小巷漂流

（2017.3.8 为天使而歌。祝天下母亲健康长寿）

雨中

夜雨沥淋
风有些冷
盐亭过了
雨却未有停意

驱散了黑暗的灯光
印在反光牌上的
宝宝沟
随山楂树的歌词晃过

明亮的有些弯曲的隧洞
仿佛时光通道
把梦想连着
让日夜有了牵挂

浓浓的夜色
把春雨挥洒着
我在雨中播种希望
通江达海
不辞辛苦一路

（2017.3.12 于途中。盐亭、宝宝沟沿途地名）

失望

不能相信是

无数顺利

在风中飘扬

在雨里滋润

不能相信

也许,春有雪

冬有酷热

终究不能相信

不能相信

酒后忠心

看似醉得不醒

转身笑你好蠢

今天无星星

小雨更是淋淋

在春天里

见伊人清纯

(2017.3.13 于成都)

村色

被洗过一般
干净的树
干净的山花
还有干净的空气

远远火红处
伴了奇异的云彩
把村庄和山谷温暖

驻足取景
遥思先烈当年
在浴血奋战，此地
换了人间

饱满村色
在我思绪深处铬印
一片清纯世界
此刻好美

（2017.3.15 于成都）

相信

青春在婀娜的体态中
在灿烂的笑脸上
在饱满的激情里
还有,在眸子那么鲜亮

我相信阳光能驱散黑暗
我相信春天会催生希望
我相信善良和奋斗
能让日子爱意悠长

为什么油菜花那么金黄
山泉水那么甘甜
少女的笑容那么养眼
我知道,一切真诚的生命
就是这么理所当然
和热情奔放
(2017.3.16看北大才女演讲,以及路途中油菜花金黄有感)

家乡

逝者在山坡守望着

不远处儿孙们的家

房子新修了

道路平坦了

菜花儿又黄了

清明将至的多彩乡间

浓浓祭祖的味道

穿过田埂

爬上山地，飘荡在

先人墓碑前

还有我对美好的祈愿

回忆长了翅膀

飞往童年

外婆的针线

外公的压岁钱

今夜入了梦

搅动着我的思念

（2017.3.18 回乡祭祖。记之）

你，鼓舞了我

天空飞来动人的旋律

澎湃着我的心

无法平静
你，鼓舞了我

蹒跚学步
跌倒又爬起
流着鼻血
你大声鼓励着我
过来，走过来
你能行

你有力的臂膀
是牵引我的力量
成长，有过艰辛
有过迷茫
你，鼓舞了我
勇敢地起航

高昂的旋律飘扬
直击我的心房
一路前行
险峻高山和汹涌海洋
有你的鼓舞
整个世界都充满阳光

（2017.3.20 为《你鼓舞了我》而感动）

唤醒自己

瓦尔登湖边的梭罗
在清晨的觉醒
还有晶莹剔透的语言
渐渐把我唤醒

犹如黎明女神的光辉
不仅点亮沉睡大地
还照耀了我的心灵

我向远方的姑娘问好

仿佛春风对桃花的亲近
小鸟在朝霞中欢快啼鸣
有一股蓬勃的力量
把我们心中的爱唤醒

汪汪吠了几声
胖胖小狗向着黎明欢呼
新的一天醒来了,快去
拥抱美丽的乡村

(2017.3.23 读梭罗的《瓦尔登湖》有感,以及为春天美丽大地点赞)

争夺

有一盏灯
把白昼延长
仿佛生命也被增值
因为有了光的力量

可是黑夜
却不愿退场
一切魔鬼的勾当
借了黑黑的外衣
更加猖狂
争夺,在白夜间较量
我向先贤借了智慧
在书海中远航
前方有灯塔
寻找,在风雨中寻找
心中的太阳
(2017.3.25 于天府华阳)

因为遇见你

因为遇见你

我的生命便沐浴

在春天阳光里

溪水清澈

是你青春气质

花儿鲜艳

有你的灵性飘逸

因为遇见你

我的世界那么甜蜜

你的笑脸是

我的幸福秘籍

你的忧愁

我用柔情去调理

因为遇见你

是我永远的际遇

你要快乐美丽

因为遇见你

（2017.3.29）

维吉尔

古老的诗人

维吉尔。你牧歌中醒来
17 岁到了罗马
从此，不是罗马人的你
让罗马为你献上美酒鲜花

维吉尔的诗魂
让但丁的神曲奋飞
时间不是距离
相遇在诗国
爱是彼此的联系
我向缪斯问好
还借了杜康的神液
一切在月圆时刻
东坡醉了
留下爱的邀请

（2017.3.30 微醉时刻读了维吉尔的诗，有感记之）

闲好

有闲的日子
你会细细观察花的开启
你会慢慢品味酒的醇香
你也许在娱乐中健康

你也许在书堆上成长

有闲的日子
我会什么都不思量
晒着太阳
三俩朋友
谈着荤素皆可的话语
笑一笑曾经的
不少荒唐
（2017.4.1 开封朋友小酌，惬意！记之）

山水沐源川

得之于上天的恩赐
沐浴源泉
这山水沐源川
一个美丽的地方
筒车踩回童年
边河迎来高湖好宽
幸福之电远走
还有不断成长的梦想

醉氧不是传说

竹海滚动着小康
书写锦绣的玉帛
是山地汉子的勋章

草龙舞动
甩菜飘香
还有一枝春的尖芽
在龙溪泉水中荡洋

清明时节小雨
浸润着思乡
那红衣长辫子好美
在沐源川河旁

（2017.4.3 于沐源川。沐川森林覆盖率77.34%，素有天然氧吧之称）

有温度的生命

回首往事
在一杯热茶的淡雅中
一曲让你泪流满面
的倾情弹奏
我知道生命是温暖的

晨曦在树梢露出笑脸
炊烟袅袅的村庄
小花狗跟着我上学的脚步
还有摘了竹叶吹响的口哨
回首往事
我感觉生命是温暖的

沉静的神态衬着
雅乐流动在苍老
而有力的指尖
默默地听着
定定地看着
一幅时光与心声的对话
日后，当我回忆这一刻
我会记得生命是温暖的

也许，我还会记得
冷漠了
病态了
还有所谓富裕了
这了那了怎么了的世界
那一天，回首往事
没有灵魂的躯壳
一定是没有温度的
（2017.4.6 于成都）

夜游

回来路上,月光
洒满山道弯弯
抬头,繁星当空
谁知道我身处何方

树影婆娑朦胧
清新香气浓郁
下车驻足
投身于寂静匆匆

茶树生长春风
塘边有水草丛丛
生于千万机巧
实在生命无限庄重
(2017.4.22 于幸福梅林)

听雨

谁知道
雨点打在心头
忧愁却写满眉梢

淅沥纤丝淋浇
湿湿的
不只是池边的青草

我在秋雨中等你
等你一句无语
无语在秋雨里沥淅

是啊！当我们老了
那么就快了
因为我们的来生来了
（2017.4.25 读听余秋雨的《我在等你》有感）

海之恋

老人与海的故事
在说泰语的地方看
海明威的讲述
那是从海底归来
遮阳伞下真正的享受

可是，与海谋生的老人
八十多天啊

颗粒无收的淡定和坚持
相信大海是母性的
于是，不停地播种着希望
起风了
帆船在波涛中摇摆着前行
我的思绪也无法平静
老人又出海了
八十五天了，那海之恋
会让他的坚守迎着朝阳微笑吗
（2017.4.28 于普吉岛）

沙滩

经历了多少次
海浪冲击和
烈日暴晒后的浸泡
满足了命运的次次安排
今天，这一刻
来自内陆的我们
惊喜于细密沙滩的质感
还有那亮丽的白色

一对鸽子在艳照中出没

高飞的降落伞

载着惊呼的少年

在快艇牵引下飘过头顶

把浪花留给

寻找贝壳的我

深深浅浅的脚印

在退潮后的沙滩上

整齐划一地延长

回头，又一次冲刷

我发现那串串曾经的印迹

终归于海水的洗礼

沿着海浪慢行

海风在树枝中挥洒

弄乱了我的头发

那远方一线天海交集

是无限的遐想

据说，广宇中的星星

有如眼前海的点滴

银色海滩的暴雨

催我归去

红色马车在闹市穿行

我的思想

却质押给了海洋

如沙粒般的我们
如何把生命之帆张扬
（2017.4.30 于普吉岛海滩）

等或不等

等你，在彩虹过后
没有誓言
也没有晴空万里

不等，在阴雨之后
听到誓言
我的心在等你

等或不等
你问我
我回答道，由你

我的世界有你
你的世界有我
等或不等无语
（2017.5.3 于平舆）

失去或从未失去

室外的蛙声在夜间起伏
清脆悦耳
是否意味着爱的呼唤

室内的我醉意朦胧
仿仿佛佛
可知道伊人在途中

说好了春天季节
花开花落出行
酷暑时节可否成对

此刻在蛙声阵阵中际会
那份执着
能否迎来爱的沉醉
（2017.5.4 于开封）

我相信

我相信
明天太阳照常升起

因为如此
我的世界无限美丽

我相信
善良总是多于诡计
因为如此
你的世界也少了忧虑

我还相信
一切复杂皆是多余
因为世界
原本没那么俗气
（2017.5.5 于濮阳）

回望春天

春的脚步太匆匆
我还没来得及嗅花的芬芳
你就匆匆出走
我努力回望你的身影

在照片里
那里有爱人如花的笑容

有母亲慈祥的目光

还有孩子洋溢着浓浓的希望

我回望春天

是追逐希望向前

前方，火热的夏季

为秋的硕果飞扬

（2017.5.5 于帝都开封）

天堂

守候空山

鸟鸣阵阵

目光投向那向往

的天堂

原来是如此漂亮

仙境仙乐

该静静地欣赏

放飞自己

在那奇妙的地方

沉淀下来的灵魂出窍

是心之最深处

你向往的天堂

（2017.5.6 于西宁）

旅程

高原圣城的蓝天
正在眼前流连
南国的葱绿
又把我的窗门印染
还有候机时刻
那书香沉醉
这一天，辛苦又甜甜

只是夜深了
思念给拉长了时间
久等的母亲的笑脸
那么清楚在梦里
长发缠着的失眠
是伊人轻声的呼唤

为了回家的旅程
能否扛着收获在肩
我行走在希望田野

车外的白云那么多姿

村里的饮烟团团升起

这个夏天

该是个更加美丽的夏天

（2017.5.11 于罗平途中）

品味茶香

茶叶嫩绿的季节

还有些霜冻

老人说，冻桐子花

原来是年轻人太匆匆

茶树深绿的早晨

还有薄雾

这样的时候

为谷雨茶香忙碌

茶香有缘了竹乡

还是情深

那么甜美

长发飘逸了我梦醒

此刻三两酒友
回忆了不安份
原来的少年
已然无法站稳

（2017.5.15 好友相聚。沐川的茶竹，令我不忘。记之）

你的眼神

我久久地凝视你
在黑白照片里
你的谜一样的眼神
代表了多少伟大和平凡

伟大的人格
朴素而深刻的平凡
把我的灵魂洗净
我相信世人也能看见

海洋一般深广
大地一样厚重
一颗悲悯的心
以及，智慧的化身

都在你的眼神里写着

的对人类的同情

那是一种信仰

有关爱的信仰

你的眼神

泰戈尔神样的眼神

让我的生命

变得自省

也许你在一个

有阳光的清晨

或者宁静的月夜

感受到一个生命

渐渐有了灵魂

（2017.5.17读《泰戈尔》有感）

大地

旅行者的眼前

绿色葱葱郁郁

正是夏季成长时分

远远望见了山峦

雾蒙蒙的有些灰暗
而近前，忙碌的庄稼汉
低头专注地间
我知道他除了辛苦

一定把好收成期盼
道路太堵
正好驻足树林边

耳畔鸟鸣啾啾
声音动听真婉转
我用目光寻找
那迷人的声源

不小心脚下踩出响声
转眼鸟儿飞去好远
阵阵微热的风儿拂面
白云姿态万千

这一刻
我的思绪翻滚
眼前，就是眼前
大地如此生机勃勃

万物在有序中灿烂
不要辜负了此生的念头
让我瞬间昂扬了精神
笑容悄悄的爬上了眼睑
（2017.4.27 于成都）

醉烟

深夜的亮度
在烟草红艳中更加刺眼
香雾缭绕着我的目光
有些倦怠了

对面的高谈阔论
满屋稍后的体己话语
仿佛来自天国
仰视，醉了吞云吐雾

这是一个难眠之夜
阳台在高处冷清
远远的灯火点点
比平时少了许多繁华

那剩下有光的窗内

也有不眠的人儿
我借了微风问她
是否一同醉了云烟
（2017.5.25）

太阳般温暖

你稚嫩的声音
二十年前问过我
你想知道在这新奇的世界
是好人多或坏人多

记得的，我朗声说道
当然好人多

时间总是那么悄然流逝
日出日落
花开花谢
你在一个晌午
定定望着我
说：怎么头发白了

我借了树荫
在阳光下好是清爽

心情也在荡漾

话儿飞向门窗

丫头，世上好人多或坏人多

甜美的回声在夏天飘扬

其实世界上天天都有太阳

（2017.5.26 有感于《谢谢你爱我》）

小船

乘着小船出发

说是为了理想启航

目标在远方

有些朦胧，但是

心头一点也不慌张

起风了

顺风满帆

浪花溅到了脸上

白云团团飘动

一同奔跑向希望

也有轻狂

放纵了激情

生命之花怒放

人生当如此
搏击浪涛张网

时光流淌
老人与海的缘分上
还有另一个渔王
繁星当空，那点点星光
是我的思绪在宇宙翱翔

（2017.5.28。《鱼王》阿斯塔菲耶夫代表作，《老人与海》海明威代表作。看了这两本经典，知道生活多么不易，知道人生应当有理想，知道奋斗着是幸运的）

你会来吗

杏林黄了
满满的金色
把岁月染得好温暖

空空荡荡
还是那个味道
等你依偎在我身边

你会来吗

穿着那件动人衣衫
在我回头瞬间

梦幻萦牵
东风来了
何时盛开你的笑颜
（2017.5.29 于成都）

童年的味道

我们回不去的地方
有一个稚嫩的名字
大家叫她童年

童年是个花园
我发现里面的蝈蝈
最可爱最好玩

童年是条小河
那里流淌着小伙伴们
最惊心的夏季冒险

童年是老师的教鞭

被打得红红的我的小手
曾捣毁了农房的瓦片

童年变成了回忆
可是,清楚记得的事
变得只有三五件

我们在不知不觉中
丢失了儿时的笑脸
我想把她寻找回来,好难
(2017.6.1 于成都。让我们拥有童心!祝我们六一快乐)

情怀

有一些美好
是遇见了希望
那是海边日出的朝霞
把澎湃的海的力量
推向沸腾般高涨

船行在绿色文明的海洋
海天一色
赤子情怀

誓言助追梦者远航

风浪，为开拓者低头

艳阳，为勇敢的人张扬

一群心怀梦想的汉子

鼓足了干劲

撸起了袖子

找回了激情当年

丢掉了观望彷徨

从新的高峰捕捉

又一个珠穆朗玛之光

（2017.6.3 于成都）

领悟

夜色在黎明前最浓

风里透了湿润

你是看不见的

也许当一线霞光迎来

你才知道未干的

两行泪流已冰冻

一辈子太短

短暂得只有心疼一瞬
我却满是领悟
因为心跳那一紧缩
是你钻进我心底
的归属
（2017.6.5 芒种日于成都。很美的小诗，如你一样甜蜜）

四月天的飘香

我见过了你
便知道了永远
回望，已不是巧合
百年前的今天
精灵般
你降临了人间

那四月天的飘香
荡漾了多少春心
波浪连连的邛海
也将神话续写了新篇
都是那么美若天仙
让人长夜难眠

昨晚的月亮真圆

仿佛照见了李庄的倩影

还有昆明郊外的茅屋

尽管时事艰难

仍然，坚守了爱情

金子般灿烂

你的人间四月天

又响彻在耳边

那带着芬芳的花朵

正是你迷人气质一般

让大地浸润欢乐

把美丽永驻了我的心田

（2017.6.10 朋友发了林徽因图片诗歌，在她的生日这天，让我好感动！为美好而歌）

白云与山峰的际遇

挺拔身姿在云端隐显

有些神秘和羞涩

来自遥远世界的光明

把它的热情倾注给了大山

温暖从树尖

从雪的顶端

从清澈的小溪

从我们的心灵

升起化作了云朵

风儿吹不散

黑夜赶不走，

直到喷薄的朝阳

把它燃烧成彩霞

仍然不弃不离

那是白云与山峰的际遇

（2017.6.12 于成都）

淡淡的无助

梅雨让小巷多情

一袭红装

在黄黄的油伞下

留给我一个背影

山涧茅亭

在薄雾中朦胧

一人手捧了经卷

似有似无的诵读
让我定定入神

月华侵润了秋林
心生丝丝愁绪
光阴滑过你美丽的脸庞
那么小心地
轻轻地把黄昏逼近

知道生命之火终将灭息
无尽无休的长夜
何处能寻找到
你眸子里曾闪动的光明
也许，这才是我们的宿命
（2017.6.10 于天府华阳）

初心

悄悄地说了
那年那夜
雨涨秋池临近
朝阳初升

夜里绵绵相思

好像初心
在那年那夜
眼含泪影

小溪流水叮咚
仿佛稚嫩的自己
初心，做个诗人
此刻大有诗兴
（2017.6.17）

醉了人生

李白醉了
诗歌在月下涌动
我醉了
回忆着你的羞涩

为什么失眠
在雨夜
总是听到点滴
敲打心声

回去的路上

看裙衣飘飘
原来，回不去
是青春年少

（2017.7.3）

前方美丽

去闯荡一番
去吧，我的孩子
前方美丽

带上你的聪明
更重要的是诚挚
前方美丽

沿着春天的脚步
走大道，没走小路
那样我更放心的

你还要带着音乐和诗歌
路上辛苦
那样你会更有情趣

去闯吧！世界是你的
我在家乡等你
带回你的幸福美丽！
（2017.7.20 写给孩子）

兰之猗猗

君子好兰
往深山幽谷中寻
雨天巧了
有飞虹贯流

由了性情
在太阳雨中豪饮
酒是诗仙引子
阵阵兰香风动

随了潇洒
携佳人七里坪
有山高云低
窃窃私语。
（2017.8.5 于仙山之旅七里坪）

诗酒趁年华

天晚雾渐浓
车行中
望周公山东坡怀古
一腔热血
新旧皆不容
惟留千年赤子情

冷艳遇温泉
借了仙气
诗酒趁年华

（2017.11.24 于周公山温泉。周末工会活动，车上读东坡词感怀。借苏轼《望江南·超然台作》一句：诗酒趁年华）

沐源川之绿

沐源川之绿
是心灵与大地的对话
层层竹浪在薄雾中
推动着朝霞
和山里人的希望
沐源川之绿

是湖水与蓝天的共融
波光流动的能量
承载了
山里娃起飞的梦想
沐源川之绿
是牧歌与香茗的交会
是机器声声与草龙的
心之舞动,以及
生生不息
(2017.3.27)

背影

背上扛着太阳,
生活在一行行秧苗中
延长,还有
那绿色盎然的希望。

相扶着眺望,
前方,是否藏着彩蝶,
是否有小蟛蚱在跳跃,
还是母亲出现在远方。

走遍了茫茫大陆，
翻越了险山密林，
寻找心中那份宁静。

踏着湿润的海沙，
耳畔是阵阵涛声，
眼前那无边的深蓝世界，
可是我心灵的天空？

空灵干净的背影，
分明透着稚嫩。
满满的空白，
怎能隐藏住爱情秘密。

背影在我的眼前晃动，
滚烫的泪水禁不住流淌。
一股巨大的力量，
升华了我的灵魂和梦想。
（2016.9.27 于天府华阳）

淡香

在山花遍野时刻，

遇见你。
风含朝露，
湿润了你的秀发。

红色是你的热情，
在山水间释放。
白底碎花素颜，
是你身影著文章。

你是我的情书，
一字深情是爱。
我是你的际遇，
可否，拭目以待。

（2016.3.2 于北戴河，为英雄而歌）

痛

不期而至的疲惫，
身心的劳累，
仿佛是秋天的枫叶，
美丽着，但已被霜冻打扮，
离别枝头，回归厚土，
已是分秒的缠绵。

出去走走吧!
大山有悦耳的鸟鸣,
大海有湛蓝的波涛。
还有,不期而遇的朋友,
他们的世界和故事,
定能洗去你的疲倦。

我翻开发黄的书页,
少许,已忘记时间。

(2015.9.19于乐山白燕路。近日很累很忙,甚感疲倦。想轻松一下,想像朋友一样,说走就走到了土耳其。不过,习惯性随手翻阅身边的书,真的就忘掉了一切。故有感而作)

羞涩

季节换了
丢掉冬的保暖
发现长大的羞涩
在春天荡起双桨
飞向花的世界

小径蜿蜒起伏
远处有柏杨
那么宁静

一只黄牛孤单寂寞
仿佛在等牧童的笛声

你把衣衫飞舞
红色飘过
少年追逐梦想而至
在小桥流水处
侧身而过
定格了一瞬羞涩
（2018.5.10 于昭通）

你的秘密

我知道你深藏秘密
却又无法开口
或者，不能问你
就像我发出的信息
无论怎样包装
你都明白它们的意义
只是
你选择了沉默
因为爱得沉重
唯恐再次丢了自己

你一生的秘密

被莫顿描绘得那么凄美

因为造化弄人

往往沉默里

流淌着动人的爱情故事

花园在阳光下灿烂

一阵阵微风

一丝丝细雨

也许

都是献给花儿的爱语

（2018.10.7 于天府华阳读凯特·莫顿的《她一生的秘密》有感）

这一天，好日子

"天气热，保重身体哦"

在我手中好沉

这一问

从火焰中跳跃出来

不甘心化着灰烬

放心吧

字里行间的真

已情入骨髓

"经常那样喝酒
身体吃得消吗"我避开了
远方你的眼神
回答：忙并快乐着
于是，你轻轻点了
发送——喜欢就好

你雪白一身
在乡间飞动着美丽
我为你入迷
羞涩的你说：是美
那是回老家
我的老家呢
有你的地方便是

中秋，在秋思中到来
金枪鱼游说了帝王蟹
你说，是否奢侈了
答案在《最爱》旋律中
轻轻吻你
这一天
你命名为好日子
（2018.9.26 于成都听杨宗伟《最爱》有感）